CARINE PAQUIN

LA TRIPLE VIE DE CHARLIE

COEUR DE ROCKEUSE

LA TRIPLE VIE DE CHARLIE

Kennes

Kennes
éditeur de coups de cœur

Retrouvez-nous sur www.kenneseditions.com

Rejoignez-nous sur notre page Facebook : www.facebook.com/KennesEditions

Suivez-nous sur notre compte Instagram : kenneseditions

Publié avec les autorisations des Éditions Michel Quintin inc.,
Montréal (Québec), Canada

Conception de la couverture et infographie : Marie-Ève Boisvert,
Éd. Michel Quintin
Illustration de la page couverture : Rachel Blanchard

Rue de la Blanche Borne 15
6280 Gerpinnes (Loverval) – Belgique

Adaptation : Cassandre Sobieski

Dépôt légal : mars 2023 — D/2023/13.105/21

ISBN : 978-2-3807-5894-8
NUART : 41-2000-3

Loi n° 49-956 du 16 juillet 1949 sur les publications destinées
à la jeunesse

Imprimé en Europe

Avant-propos

Bienvenue dans l'univers compliqué de la jeune Charlie! Comme vous le constaterez très vite en lisant ce roman, l'histoire se déroule au Québec, belle province francophone du Canada, principalement aux Îles-de-la-Madeleine, un archipel composé d'une douzaine d'îles.

Étant donné cette particularité géographique, certaines réalités et références peuvent être différentes de ce que l'on connaît en France ou en Belgique. Pour faciliter votre compréhension, voici une explication du système scolaire québécois.

Au Québec, on fréquente l'école primaire pendant six ans, de la première à la sixième (de 6 à 12 ans). On passe ensuite à l'école secondaire pendant cinq ans, de la première à la cinquième (de 12 à 17 ans).

Une fois le diplôme d'études secondaires obtenu, ceux qui le désirent peuvent poursuivre leurs études pendant deux ans au cégep (collège d'enseignement général et professionnel). Le diplôme d'études collégiales permet notamment d'aller à l'université.

L'éditeur

À mon voisin.

Et à Caravane, un groupe de rock québécois, que tu peux écouter sur la plateforme de musique de ton choix!

Rock and roll!!!

CHAPITRE 01

Dans ma vie, j'ai eu à traverser quelques grandes épreuves. La première, c'est ma naissance. Quoi? C'est vrai, il paraît que c'est un des plus grands traumatismes d'enfance. Heureusement, je ne me souviens de rien. Ça arrive quand on vit un moment trop difficile, notre mémoire refuse de se rappeler. C'est ce qu'on appelle de l'amnésie sélective. C'est peut-être aussi parce que je n'étais qu'un tout petit bébé? Peu importe, ça ne change rien, ça m'a traumatisée!

La deuxième grande épreuve que j'ai dû affronter, c'est la mort de mon rat. J'avais huit ans et il s'est éteint dans mes bras. J'ai longtemps cru que c'était ma faute. Mais récemment, j'ai lu un article qui disait que la durée de vie de cet animal est d'environ trois ans et mon rat en avait cinq! Alors, sans le savoir, je caressais un grand-papa rat à l'article de la mort. C'est probablement ce qui me déplaît le plus dans cette histoire. J'ai longtemps fait des cauchemars à cause de cet événement. Je rêvais que des centaines de rats boiteux avec de longues barbes blanches s'introduisaient dans ma chambre la nuit pour me donner des coups de canne. C'était atroce!

Finalement, pour ce qui est de la troisième grande épreuve, je suis en train de la subir. Mon père déménage pour son nouveau travail et il m'a proposé de venir avec lui. Mes parents sont séparés depuis des années (je ne me souviens pas de notre vie quand ils étaient ensemble), mais ils ont toujours habité dans le même quartier. Depuis que je suis petite, je peux dîner chez ma mère et aller dormir chez mon père le même soir. Mais tout ça va changer dès la fin de l'été, c'est-à-dire dans deux semaines exactement. Mon père vient de se faire offrir un travail aux Îles-de-la-Madeleine. Une occasion qu'il ne peut pas refuser (selon lui). Un contrat de deux ans très payant et enrichissant (toujours selon lui), et mes parents m'ont donné le choix de l'accompagner ou pas. Un choix que je ne peux plus repousser et qui me donne l'impression d'avoir une bombe nucléaire dans mon sac à dos!

Je ne veux pas perdre mon père mais je ne peux pas non plus quitter ma mère. J'ai bien essayé de dissuader papa de partir et tenté de convaincre ma mère de déménager aussi, mais il n'y a rien à faire. Dans deux semaines, Guillaume Paradis part pour les Îles et Carolina Mendez reste ici. Et moi? Moi, Charlie Paradis-Mendez, je ne sais pas encore ce que je vais faire et je suis déchirée, coincée par mon trait d'union.

Au début, j'ai pensé que je pourrais vivre six mois là-bas et six mois ici, mais mes parents n'ont pas voulu. Ils m'ont dit que je devais choisir, car c'était hors de question que je change d'école en plein milieu de l'année.

Si au moins j'avais un frère ou une sœur pour m'aider à prendre une décision. Mais non! Je suis enfant unique et enfermée dans mon dilemme toute seule, comme d'habitude.

— Et si tu faisais une liste de pour et de contre?

Je sors de la lune et je lève la tête. Devant moi se tient Émile, mon meilleur ami, qui dégoutte sur le béton autour de la piscine municipale. J'étais si loin dans mes réflexions que je ne sais absolument pas à quoi il fait allusion. Je hausse un sourcil, comme je fais toujours quand je suis confuse, et je demande:

— De quoi tu parles?

Émile prend sa serviette, éponge ses longs cheveux, puis il enroule le tissu autour de sa taille en précisant son idée.

— Pour trancher entre vivre avec ton père ou ta mère. Tu n'as qu'à faire la liste des pour et des contre. Tu iras avec celui qui a le plus de pour.

Émile, c'est le meilleur ami parfaitement imparfait. Il est extravagant, drôle, à l'écoute, excentrique, protecteur et parfois prétentieux. Bref, il est comme un frère, mais sans le désavantage de devoir le supporter vingt-quatre heures sur vingt-quatre.

Je le nargue:

— Wow! Tu parles d'une idée originale... Comme si je n'y avais pas pensé! Je l'ai faite, la liste, qu'est-ce que tu penses?

Je fouille dans mon sac à dos et je sors le bout de papier que je mets dans les mains ratatinées et humides de mon ami.

Émile saisit la feuille et, avant de la regarder, il me dit:

— OK, je regarde cette liste et après, tu viens te baigner. Tu réfléchis depuis que l'école est terminée. Je vais la prendre pour toi, la décision, qu'on en finisse!

— Quoi?

— T'as bien compris, je vais lire cette liste, décider pour toi et après, on va profiter de la fin de nos vacances.

Je fixe Émile. Je ne sais pas si je suis prête à mettre une décision aussi importante entre ses mains. D'un autre côté, je suis incapable de trancher. Mon meilleur ami me connaît mieux que personne, il est sans doute le mieux placé pour m'éclairer. Je prends une grande inspiration et je présente mon poing fermé. Émile vient y cogner le sien. C'est notre façon de se mettre d'accord.

Il déplie la feuille.

* Avantages de rester avec maman *

1. Rester dans la même école
2. Ne pas me séparer d'Émile
3. Garder mes amis
4. Être près de maman
5. Continuer à jouer dans l'harmonie de l'école

*** Avantages d'aller avec papa ***

1. Vivre une nouvelle aventure
2. Avoir une plus grande maison
3. Me faire de nouveaux amis
4. Je m'entends mieux avec papa
5. Découvrir la vie sur les îles (qui, selon ce qu'on m'a dit, est extra!)
6. Ne plus avoir à supporter mon beau-père

Émile regarde ma liste pendant plusieurs minutes, concentré. Il inspire profondément, ferme les yeux et déclare:

— Tu pars avec ton père.

Pendant quelques secondes, mon cœur cesse de battre et mes poumons se contractent. Il a bien dit «Tu pars avec ton père»? C'est vrai que cette aventure me fait envie, mais d'un autre côté, j'ai peur de quitter ma vie ici, et de me séparer d'Émile et de tous mes amis à l'école.

Des larmes de soulagement, de peur, d'angoisse et de joie coulent sur mes joues... Bref, pour plein de raisons à la fois, je me mets à pleurer. Je saute dans les bras de mon ami et je lui avoue:

— Tu vas tellement me manquer!

— On s'appellera chaque soir, et tu reviendras me voir à Noël! Et pendant les congés!

— C'est sûr!

— Et à Pâques aussi!

— Oui, oui, à Pâques aussi.

Je pleure et je ris en même temps, puis je réalise que je suis à la piscine municipale, pas vraiment le meilleur endroit pour exposer mes sentiments. Je me ressaisis et je me dirige en vitesse vers le bassin, où je m'empresse de sauter pour aller rejoindre mes amies Maxyme et Ève, qui pratiquent leurs culbutes sous l'eau.

Émile lance sa serviette et vient nous rejoindre en criant: «BOOOOMBE»!!!!

Normalement on se fait engueuler quand on fait des bombes, mais aujourd'hui, c'est le cousin d'Émile qui surveille la piscine, alors il se contente de nous regarder avec de gros yeux. Nous rions. Je suis résolue à profiter au max de mes derniers jours de vacances.

Dans l'eau, Émile continue notre discussion:

— Au fond, ça aurait pu être pire, tu sais.

— Comment ça, être pire?

— Imagine si c'était ta mère qui avait voulu retourner vivre au Mexique!

Maxyme, qui nage vers nous, s'exclame:

— QUOI, CHARLIE? Tu t'en vas vivre au Mexique?

Ève s'étouffe avec une gorgée d'eau et s'approche, curieuse.

— Mais non, je ne vais pas vivre au Mexique.

Maxyme soupire de soulagement.

— Ouf! Je pensais que ta mère voulait te convaincre de déménager là-bas.

— Ha! Ha! Non. Ma mère est bien la dernière personne qui quitterait le Québec.

Ève remarque:

— On ne sait jamais, l'appel du retour aux sources est parfois plus fort que tout.

— Arrêtez donc de dire n'importe quoi! Il y a autant de chances que ma mère aille vivre au Mexique que vous en Chine.

Maxyme rouspète:

— Franchement, nos parents ne sont pas chinois.

— Je sais, c'est pour ça que je dis ça. De toute façon, mes grands-parents ne la laisseraient jamais faire. Ils n'arrêtent pas de dire qu'ils adorent le

Québec et qu'ils ne regretteront jamais de s'y être installés. J'ai juste décidé d'aller vivre aux Îles-de-la-Madeleine avec mon père.

Ève roule les yeux.

— Ah! OK.

Puis, elle réalise ce que je viens de dire.

— ATTENDS! QUOI?

Maxyme ajoute:

— C'est fait? T'as pris ta décision?

Émile répond en riant:

— Disons que je l'ai un peu aidée, mais je suis certain que c'est le bon choix!

Bouleversée par toutes les émotions que cette discussion suscite chez moi, je décide d'y mettre un terme.

— Émile a raison, ce sera super là-bas!

Je plonge sous l'eau et je tire sur le pied de mon ami pour l'attirer avec moi. Au moins, au fond de la piscine, plus personne ne peut me questionner sans s'étouffer!

CHAPITRE 02

Après avoir profité de la piscine tout l'après-midi, nous reprenons le chemin de la maison. Maxyme et Ève partent à vélo de leur côté tandis qu'Émile et moi rentrons à pied du nôtre. Mon ami a une longue traînée d'eau dans le milieu du dos à cause de ses cheveux trempés. Moi, mes cheveux courts sont déjà presque secs. Émile ne veut pas couper les siens. Je pense que la dernière fois qu'il l'a fait, il avait neuf ans, et il porte fièrement sa longue chevelure de toutes sortes de manières.

Pendant qu'on marche, je remarque que mon ami a le visage rouge tomate. J'éclate de rire.

— Est-ce que tu as mis de la crème solaire?

— Oui, pourquoi?

— T'as l'air d'un homard!

Émile mime une paire de pinces avec ses mains et dit avec une grosse voix:

— C'est pour te donner un avant-goût des Îles-de-la-Madeleine!

Je m'esclaffe.

— Mais sérieusement, est-ce que je suis si rouge que ça?

— Oui, vraiment!

— Tu peux bien rire, toi, madame «je suis bronzée toute l'année»!

Je roule les yeux. Émile a toujours été jaloux de mon teint exotique, et moi... pour être honnête, je ne suis jalouse de rien chez les autres! Si je pouvais me redessiner, je pense que je me referais exactement comme je suis: visage rond, cheveux bruns ondulés, yeux noirs en amande, peau basanée, petite mais pas trop. Peut-être que je m'ajouterais un petit grain de beauté au-dessus de la lèvre, je trouve que ça donne un air mystérieux! Tout le monde dit que je ressemble à ma mère, et ça, ça me plaît! Attention, je ne suis pas en train de dire que je suis parfaite, pas du tout, c'est juste que plutôt que d'avoir une autre tête, je préfère garder la mienne qui me convient très bien!

Nous nous arrêtons au magasin pour prendre une glace. Pendant que je choisis la mienne, Émile flâne dans la section des magazines. Au moment où je suis en train de payer, il dépose une revue sur le comptoir et informe le caissier:

— Je vais prendre ça aussi!

Je regarde le gros titre: «Spécial tests». Émile est fou des tests de personnalité. On peut passer des soirées entières à répondre à des questions ensemble.

En sortant du magasin, il me déclare fièrement:

— Regarde ça!

Il pointe le titre d'un des tests: «Est-ce que ton déménagement te rendra fou ou folle?»

— Wow! On dirait que ce test a été fait pour moi.

— Je sais! C'est pour ça que j'ai acheté le magazine.

— OK! Vas-y, pose-moi les questions. Attends...

Je fouille dans mon sac.

— Tiens, prends mon crayon.

Tout en marchant, Émile me pose les questions et encercle mes réponses une à une. Certaines ne sont pas évidentes. Je voudrais opter pour deux lettres à la fois, mais je ne peux pas.

Est-ce que ton déménagement te rendra fou ou folle ?

1. Est-ce que tu étais d'accord avec ce déménagement ?

a. Oui.
b. Je n'étais ni pour ni contre.
c. Non.
d. Je ne savais même pas que je déménageais avant de voir le camion arriver.

2. Pour toi, déménager est l'occasion de:

a. Te faire de nouveaux amis.
b. Refaire ta chambre à neuf.
c. Faire le ménage de tes tiroirs.
d. Avoir une bonne raison de déprimer.

3. Quelle est la première chose que tu comptes faire en arrivant dans ta nouvelle maison ?

a. Faire le tour du quartier.
b. Installer ta chambre à ton goût.
c. Prendre des photos pour les partager avec tes amis.
d. Texter tes amis en pleurant.

4. Où déménages-tu ?

a. Dans un autre quartier.
b. Dans une autre ville ou une autre région.
c. Dans un autre pays.
d. Sur une autre planète.

5. As-tu des idées pour aménager ta nouvelle chambre?

a. Plein! Tu n'arrêtes pas d'y penser.
b. Oui, quelques-unes, mais ce sera plus facile d'y réfléchir sur place.
c. Oui, tu la referas exactement comme celle que tu as actuellement.
d. Non, tu n'as pas la tête à ça.

6. Quand tu penses à ton déménagement, comment te sens-tu?

a. Excité(e).
b. Nerveux(se).
c. Stressé(e).
d. Déprimé(e).

7. Que sais-tu de l'endroit où tu déménages?

a. C'est un endroit paradisiaque avec plein d'activités à faire autour.
b. C'est un endroit agréable, sûr et amusant.
c. Je ne sais pas, je n'ai pas pris le temps de m'informer.
d. Que c'est trop loin.

8. Auras-tu l'occasion de revoir tes anciens amis?

a. Oui, chaque fois que je serai en vacances.
b. À l'occasion.
c. Rarement.
d. NON! Je ne reviendrai plus jamais!!!!!!

Après avoir fait de mon mieux pour répondre le plus honnêtement possible à chaque question, je regarde Émile compiler mes réponses.

1. C: Non.
2. A: Te faire de nouveaux amis.
3. C: Prendre des photos pour les partager avec tes amis.
4. B: Dans une autre ville ou une autre région.
5. D: Non, tu n'as pas la tête à ça.
6. B: Nerveux(se).
7. D: Que c'est trop loin.
8. A: Oui, chaque fois que je serai en vacances.

— Ah non! C'est trop nul!!!

J'arrache la revue des mains d'Émile.

— Quoi? Ne me dis pas que je ne survivrai pas à mon déménagement!

Émile reprend le magazine.

— Non, pire que ça... T'as égalité dans toutes les lettres!

— QUOI??? Tu te fous de moi?

— Non!! Je te le dis, tu as deux réponses dans chacune des catégories.

— C'est TROP NUL!

— Je sais!!!! C'est ce que j'ai dit.

Je reprends la revue et je regarde les options possibles. Je ne sais plus quoi penser maintenant... Je lis chaque résultat à voix haute.

★ ★ ★

Tu as eu une majorité de A

C'est une certitude, ce déménagement te rendra fou ou folle de joie, car c'est la plus belle chose qui pouvait t'arriver. Nul doute que tu n'en retireras que du positif! N'oublie pas de bien emballer ce qui est fragile et bon déménagement!

Tu as eu une majorité de B

Déménager, c'est stressant, c'est donc normal que tu ressentes de la nervosité. Sois sans crainte, ton positivisme te permettra de bien passer au travers de ce changement et quoi qu'il arrive, tu ne devrais pas sombrer dans la folie.

Tu as eu une majorité de C

Il se peut que tu sentes que tu perds la tête au début. Ton déménagement ne sera pas une période facile pour toi, mais après quelques jours (ou peut-être quelques semaines), tu finiras par te sentir chez toi. N'hésite pas à discuter de tes craintes avec une personne de confiance, ça t'aidera à retrouver tes esprits.

Tu as eu une majorité de D

Dès que tu arriveras dans ta nouvelle maison, cherche immédiatement le numéro du psychologue le plus près de chez toi. Tu en auras besoin. Planifie aussi l'achat d'un grand chapeau, tu pourrais peut-être décrocher le prochain rôle du chapelier fou dans *Alice au pays des merveilles*. Bonne chance!

— Mais enfin... Est-ce que je dois me chercher un psy ou pas?

Émile hausse les épaules. Je lui écrase son magazine sur le ventre.

— Ça ne m'aide pas du tout ton truc, au contraire!

Émile éclate de rire.

— Ce n'est pas ma faute! Il y a un test «Serez-vous amis pour la vie?», on peut faire celui-là si tu veux. Moi, ça ne me dérange pas que ma meilleure amie soit un peu folle.

Émile se bidonne.

Nous sommes arrivés chez mon père et l'odeur du barbecue m'appelle.

— Ha! Ha! Très drôle! Une autre fois peut-être.

Je dois réfléchir à la façon d'annoncer ma décision à mes parents.

— Penses-tu que ta mère va avoir de la peine?

— J'espère!!!!

Émile et moi, nous nous séparons en riant. L'humour a toujours été ma façon d'affronter les épreuves.

CHAPITRE 03

Si je m'étais décidée plus tôt, je ne serais pas obligée de me dépêcher autant pour emballer mes affaires. Voilà qu'il ne me reste qu'une semaine pour tout mettre dans les boîtes et j'ai l'impression que c'est demain matin que je vais prendre la route pour déménager. Et quand je dis «prendre la route», ce n'est pas une petite route! Dix heures de voiture et cinq heures de bateau m'attendent pour me rendre aux Îles-de-la-Madeleine. Mon père m'a dit que nous devions traverser deux autres provinces canadiennes: le Nouveau-Brunswick et l'Île-du-Prince-Édouard. Quand il m'a montré notre trajet sur la carte, j'ai failli faire comme mon rat: une crise cardiaque! Heureusement, mon père m'a promis que pour revenir chez ma mère pendant les vacances, je pourrais prendre l'avion.

J'ai déjà rempli trois grosses boîtes et je n'ai même pas encore vidé ma garde-robe. Je ne suis pas la personne qui possède le plus de vêtements, mais quand même, j'évalue qu'il me faudra au moins deux autres grosses boîtes. Par chance, mon père a loué une remorque pour le déménagement! Je n'aurais pas aimé avoir en plus à choisir ce que j'apporte ou pas.

Émile achète beaucoup plus de vêtements que moi. Personnellement, si je pouvais toujours porter mon t-shirt préféré et mes pantalons confortables, je serais bien heureuse. Jogging gris et t-shirt de Caravane, c'est la belle vie!

Caravane, c'est mon groupe rock préféré! Je l'ai vu deux fois en spectacle. La dernière fois, je suis presque certaine que le chanteur m'a regardée dans les yeux. Même Émile, qui était là, l'a remarqué. Je suivais le rythme de la chanson avec mes mains, comme si je jouais de la batterie, et c'est sûr que le groupe a constaté que je battais la mesure à la perfection. Un jour, moi aussi je ferai partie d'un groupe.

Mon téléphone vibre, c'est Émile.

Coucou Charlie chérie!
As-tu vu ma dernière vidéo?

Émile

Non, je suis en train de faire des boîtes.

Charlie

Encore! Tu emballes les murs et chaque planche du plancher? 😆

Émile

Idiot!

Charlie

Va voir ma vidéo, elle est vraiment bien réussie!

Émile

OK, je regarde ça.

Charlie

Mon meilleur ami a deux passions: faire des tests de personnalité et enregistrer des vidéos qu'il publie en ligne. Il est assez populaire, en plus: il a presque

1000 abonnés sur son compte. Émile fait des vidéos de toutes sortes, mais surtout de danse et de maquillage. Il est vraiment bon là-dedans. C'est toujours lui qui s'occupe de me maquiller à Halloween. En vérité, je pense que mon ami est bon dans tout. Sauf en chant... Il chante comme une corneille qui se fait marcher sur une patte. Et le pire, c'est que ses vidéos de chant sont presque aussi populaires que celles de danse! Ha! Ha! Ha!

Je regarde ce qu'il vient de mettre en ligne pour lui faire plaisir et parce que je suis curieuse. Je tourne aussi des vidéos, mais je ne les publie que pour mes amis. Mes parents refusent que mon compte soit public, alors je n'ai qu'une trentaine d'abonnés que je connais personnellement. Pour ma part, je ne diffuse que des vidéos de solos de batterie. Seuls les amateurs de musique rock apprécieront mes publications (quand j'aurai la permission de les rendre accessibles à tous!).

Je vais sur le compte de mon meilleur ami et je clique sur sa dernière publication. Au début, Émile montre une photo de moi sur un fond de musique triste, puis il dit que je suis sa meilleure amie (trop mignon), mais que je déménage (trop triste). Ensuite, il met sa main devant son visage et quand il la retire, on voit qu'il a dessiné des larmes sur ses joues (méga mignon). Je ravale ma salive, c'est trop touchant. Après, il tourne sur lui-même et exécute quelques pas de ballet avant de revenir devant la caméra pour dire: «Tu vas me manquer, Charlie.» (Trop ringard... mais touchant!)

J'essuie mes larmes, je mets un petit cœur à la vidéo et je commente:

Charlie
Toi aussi, tu vas me manquer, Émile la banane! ❤

Je sais qu'Émile la banane, c'est un surnom bizarre, mais j'ai une bonne explication. Je dois préciser que l'origine de ce surnom remonte à la maternelle. Émile et moi étions dans la même classe et le jour de la rentrée, il m'a offert un morceau de sa banane pendant la collation. Quand je suis revenue chez moi, ma mère m'a demandé si je m'étais fait des amis à l'école et j'ai répondu que j'avais rencontré Émile la banane. Depuis ce jour, je l'appelle affectueusement comme ça et il adore (bizarrement).

Tu es trop chouuu !!! 🤍

Charlie

😘 Il y a des soldes au centre commercial, on pourrait aller faire du shopping. Ça ne te ferait pas de mal d'avoir quelques nouveaux vêtements ! 😁

Émile

😄

Charlie

Il me reste ma garde-robe à vider. Si tu viens m'aider, ce sera plus rapide.

Charlie

Mais pas question que j'achète plus de vêtements à déménager. Et puis, j'aime mes vieux trucs.

Charlie

Charlie, tu me décourages !

Émile

Et alors ?

Charlie

C'est ça que j'aime !

Charlie

😄

Charlie

😁

Émile

OK, j'arrive.

Émile

J'ai à peine le temps d'emballer ma tirelire en forme de note de musique et de la ranger qu'Émile est déjà là. Il est essoufflé et a le visage tout rouge. Quand il vient en courant chez mon père, ça lui prend exactement quatre minutes vingt-neuf secondes, de sa chambre à la mienne. Nous l'avons calculé. Pour aller chez ma mère, c'est un peu plus long: huit minutes dix-sept secondes.

Son chrono est toujours le même, sauf si monsieur Théberge est dans son jardin. Dans ce cas, Émile n'ose pas passer à travers sa haie et ça le rallonge de trente-trois secondes, mais si son petit frère tente de le suivre, Émile peut aussi améliorer son temps de huit secondes pour ne pas qu'il le rattrape.

Quand je dis «son petit frère», je parle de Charles, qui a huit ans. Mon ami a deux petits frères. Le plus jeune s'appelle Mathis, mais il n'y a aucune chance qu'il tente de le suivre. Il sait à peine marcher. Émile a aussi une sœur plus jeune qui a cinq ans, Léa-Jeanne. Elle n'est pas fatigante comme Charles, au contraire, elle est hyper mignonne.

— Est-ce que Charles te suivait?

Émile reprend son souffle, les mains appuyées sur ses genoux.

— Oui, mais je l'ai semé.

Je pointe une boîte vide sur mon lit.

— Tu peux prendre celle-là et mettre tout ce qu'il y a sur les étagères dedans.

Émile s'avance dans la garde-robe pour évaluer le travail à effectuer.

— Ah! Il n'y a presque rien, ça ne sera pas long!

— Oui je sais, je ne suis pas accro au shopping comme toi.

Émile cogne son poing contre le mien. Il est fier d'être comme il est.

— Après, il ne me restera plus qu'à aller démonter ma batterie dans le sous-sol chez ma mère.

— Tu veux faire ça aujourd'hui?

— Non! Je vais m'en occuper la veille du départ, parce que j'ai l'intention de jouer entretemps.

— Ton père a accepté que t'apportes ta batterie chez lui?

— Il n'a pas le choix!

Émile éclate de rire.

— Je suis sûr qu'après deux semaines, il va vouloir que tu reviennes chez ta mère.

— Ça ne devrait pas arriver, on a prévu de la mettre dans le garage.

— Bonne idée! En parlant de ta mère, tu ne m'as pas dit comment elle a réagi à ta décision finalement.

— Bah... Elle a été normale. Elle croit que ce sera une belle expérience pour moi, mais elle est triste qu'on doive se séparer.

— Pas plus que ça?

— OK, je l'avoue, on a vidé une boîte de mouchoirs à force de trop pleurer.

— Ha! Ha! Me semblait aussi. Ta mère est tellement expressive! La connaissant, ça a dû être épique.

— Ouais, disons que c'était à la «Mendez style».

Émile et moi rigolons et discutons tout en finissant de ranger mes affaires dans les cartons. Les prochains jours, je les passerai chez ma mère, ce qui me permet de tout emballer ce qu'il y a ici, chez mon père. En moins d'une heure, ma chambre est devenue un monticule de boîtes déprimantes ou excitantes, tout dépend du point de vue. Personnellement, je ne sais pas quelle émotion choisir et c'est bien ce qui m'angoisse le plus.

CHAPITRE 04

Je prends ma carte de bus que je range dans mon sac à dos, je texte mes parents pour les informer de mon déplacement et nous voilà en route. Il fait chaud, je rêve déjà de l'air climatisé.

Une fois assise dans le bus, je remarque que deux filles n'arrêtent pas de nous fixer, Émile et moi. Elles regardent leur téléphone et lèvent les yeux vers nous constamment. Émile les dévisage. Leur manque de subtilité est agaçant. Je demande à mon ami:

— Est-ce que tu les connais?

— Non.

— Qu'est-ce qu'elles ont à nous regarder comme ça?

— Je ne sais pas... Est-ce que j'ai une crotte de nez?

Je rigole.

— Non! Et moi?

— Non, t'as rien. Elles veulent notre photo ou quoi?

— Oh! Merdouille! Regarde, elles s'approchent.

Je baisse le menton, déçue de ne pas être une tortue capable d'entrer sa tête dans sa carapace tandis qu'Émile se prépare à les envoyer promener. L'une des deux filles nous sourit et l'autre dit:

— Est-ce que c'est toi, Émile la banane?

Mon ami, surpris, sourit de toutes ses dents et répond:

— Oui, c'est moi.

Les deux filles ne cachent pas leur excitation et poursuivent:

— Tes vidéos sont vraiment cool!

Émile se redresse d'un coup et les remercie fièrement. Le bus s'immobilise et les deux groupies sortent du véhicule, laissant derrière elles un gars super content.

Émile se tourne vers moi, la bouche ouverte.

— Wow! C'est la première fois que je me fais reconnaître en public, il était temps!

— C'est fou! T'es devenu une star!

— Rectification, je l'ai toujours été... dans mon cœur!

Émile rigole, ses yeux brillent, je crois que c'est le plus beau jour de sa vie. Notre arrêt approche, alors j'appuie sur le bouton pour signifier notre intention de descendre. Mon ami bombe le torse pour passer la porte. Il s'imagine maintenant que tout le monde dans le bus l'a reconnu, et il n'a qu'une idée en tête:

— Charlie, je dois aller m'acheter des lunettes de soleil, sinon je n'aurai plus de vie privée!

J'expose mes muscles telle une haltérophile en compétition:

— D'accord, moi je serai ta garde du corps.

Je grogne en marchant devant Émile, qui s'amuse à saluer... les voitures dans le parking! Il envoie un bisou et un clin d'œil à une auto stationnée et au même moment, une femme ouvre la portière et sort du véhicule en nous regardant de travers. Nous éclatons de rire. Mon ami agrippe mon sac à dos et m'entraîne dans sa course en s'esclaffant de plus belle.

Nous entrons dans le centre commercial, toujours sous l'emprise de nos rires incontrôlables. Puis, tranquillement, nous reprenons notre calme. L'appel du shopping ramène Émile à la raison, il a des lunettes à acheter!

Deux heures plus tard, nos sacs à dos sont pleins de nouveaux vêtements pour Émile. Si j'étais lui, je n'utiliserais pas tout mon argent de poche pour ce genre de dépenses, mais je ne suis pas lui!

D'après Émile, c'est avec notre style qu'on se définit, et il me taquine en disant que je n'ai pas de personnalité avec mes vêtements moches. Moi, je lui réponds tout le temps qu'au contraire, ça montre à quel point je suis une fille cool et pas compliquée.

Avant de partir, je regarde une dernière fois autour de moi. Il faudra du temps avant que je remette les pieds ici. Il n'y a sûrement pas de grand centre commercial aux Îles-de-la-Madeleine. Je ne sais pas si j'arriverai à survivre à ce déménagement. Si le test dans la revue avait été plus clair, je serais peut-être moins stressée!

Enfin, pour le moment, je tente de ne pas trop y penser. Émile et moi prenons le bus qui nous emmène chez Maxyme. Je soupçonne mes amis de m'avoir organisé une petite fête de départ, mais je leur laisse le plaisir de me faire la «surprise».

Pousser la porte du jardin de mon amie confirme mon intuition. Tout le monde est là, le jardin est décoré avec des ballons et une banderole en mon honneur est attachée sur la maison.

Mes amis lancent des cris de joie en m'apercevant. Je suis surprise, je ne m'attendais pas à ce qu'il y ait autant de monde. Évidemment, Maxyme et Ève sont là, mais il y a au moins une dizaine d'autres copains réunis pour l'occasion. Toutes les personnes présentes ont un large sourire et le mien est deux fois plus grand. Oh! Mais qu'est-ce que je vois? Une *piñata*?!

— Vous avez même pensé à la *piñata*! C'est cool!

Maxyme ricane.

— Tu nous as assez cassé les oreilles dans notre vie avec ça: «Une fête n'est pas une fête sans *piñata*!» On s'est dit qu'on serait stupides de ne pas en avoir une pour souligner ton départ!

— Ha! Ha! C'est ce que je pensais quand j'étais petite, ça!

— Oui, tu veux dire l'année passée!

J'entre dans le jardin pour prendre part à la célébration. Mon groupe préféré joue dans les haut-parleurs, mes amis ont vraiment pensé à tout!

Cet événement est assez parfait pour me faire douter de mon choix. À tour de rôle, chacun vient me serrer dans ses bras et me lance une phrase réconfortante du genre: «Tu vas t'amuser aux Îles, c'est sûr», «T'as de la chance, je suis allée là-bas une fois et les plages sont magnifiques», «Tu vas nous manquer!», «Chanceuse, tu vas prendre l'avion pour revenir à Québec. Moi, je ne suis jamais monté dans un avion», «C'est sûr que tu vas rocker aux Îles», et plein d'autres que je n'écoute plus que d'une oreille. J'ai de si bons copains ici, pourquoi je déménage?

Plus tard dans la soirée, Ève s'approche de moi avec un foulard. Yeah! C'est enfin l'heure!

— Allez, montre-nous ce que tu sais faire!

Je mets le foulard sur mes yeux, je saisis le manche à balai, mes amis me font tourner sur moi-même et c'est parti!

— RECULEZ, je serai sans pitié!!!!

Je frappe de toutes mes forces devant moi pendant que mes copains tirent la corde qui fait monter et descendre la *piñata*. Après avoir essuyé quelques coups dans le vide, j'entends Émile qui se moque de moi. Je redouble de force. Paf! Paf! Paf!

Je sens que mon bâton traverse le carton, j'entends les bonbons tomber! Je retire le foulard et je me jette sur les friandises. En les empoignant, je remarque qu'il y a des dizaines de petits papiers roulés par terre. J'en prends un et je demande:

— Qu'est-ce que c'est?

Émile m'explique:

— Ce sont des petits mots gentils. Quand on te manquera, tu pourras en prendre un et le lire pour te remonter le moral.

— Hon! Qui a eu cette bonne idée?

Émile m'expose son sourire appareillé avec fierté et répond:

— Qui tu penses?

— T'es trop fort!

— Je sais!

Nous nous empiffrons dans les bonbons tout en ramassant les papiers que je mets dans un pot. Puis, je passe le reste de la soirée à profiter de chaque instant de ma vie ici.

CHAPITRE 05

Des pleurs, des étreintes interminables et son parfum qui me collera à la peau toute la journée, voilà en quoi se résume mon départ de chez ma mère. J'ai pleuré, pleuré, pleuré. Nous venons, mon père et moi, d'arriver au Nouveau-Brunswick et je commence enfin à me calmer. J'ai braillé comme une truite. Je sais qu'une truite ne peut pas pleurer, c'est juste que j'aime l'image du poisson qui verse tellement de larmes qu'il en remplit son bocal! Depuis mon départ il y a huit heures, mes amis ont dû m'envoyer cinq cents messages et trois cents photos, et j'en ai fait tout autant.

Mon père est mal à l'aise face à ma peine. Il me raconte toutes ses blagues classiques pour tenter de me redonner le sourire, mais ça ne fonctionne pas. Même «Pet et Répète», cette fameuse blague idiote que mon père sort toujours pour détendre l'atmosphère, n'arrive pas à me faire rire.

Je me sens coupable. Je sais qu'il voudrait que je sois heureuse, mais pour le moment, j'en suis incapable. Ce qui me console un peu, c'est que j'ai le contrôle total de la musique pendant toute la durée du trajet jusqu'à l'Île-du-Prince-Édouard, où nous prendrons le bateau. Je peux donc écouter ce que je veux et j'en profite, car ça n'arrive JAMAIS!

Notre voiture traîne une énorme remorque fermée que mon père a louée. Dedans se trouve toute ma vie passée et future. Je me sens comme un escargot, une truite escargot, pour être plus précise.

Nous nous arrêtons dans un petit hôtel de l'Île-du-Prince-Édouard pour la nuit. Mon père commande de la pizza et nous la mangeons assis sur le lit, en regardant un film d'action à la télévision. Cette soirée suffit pour que je retrouve espoir en l'avenir et que j'assume ma décision de déménager. Vivre avec papa, ce sera cool!

Le lendemain matin, nous avons quelques heures devant nous avant d'embarquer sur le bateau, et nous décidons d'aller les passer à la plage pas très loin. À 12h30, mon père se lève et dit:

— Bon, c'est l'heure! Nous avons un bateau à prendre! Tu es prête?

En me forçant, j'arrive à répondre:

— Ouais...

Sans trop de conviction. Mon père pouffe de rire.

— Arrête de faire ton ado, Charlie Paradis-Mendez, et savoure l'aventure qui s'offre à toi!

Je roule les yeux. Facile à dire pour lui, c'était son idée de déménager!

Une fois arrivés sur le quai des embarquements, on se met en file derrière les autres voitures déjà en attente. La plupart des gens patientent à l'extérieur de leur auto. Une famille a même sorti une table pliante pour jouer aux cartes! Peu de temps après, je vois le bateau arriver au loin.

Je m'attendais à un petit ferry comme celui que j'avais pris pour aller à Tadoussac, mais ça n'a rien à voir! Ce n'est pas un ferry qui s'amarre au quai, mais bien un bateau de croisière de trois étages! En l'apercevant, je m'exclame:

— On va aux Îles-de-la-Madeleine ou aux îles Fidji?

Mon père rigole.

— On va être bien aux Îles, tu vas voir.

Nous nous approchons pour que je puisse prendre une photo du bateau et l'envoyer à mes amis. À notre retour à la voiture, un homme interpelle mon père en pointant notre remorque:

— On déménage aux Îles?

— Oui, on fait le grand saut.

L'homme grand, mince et à la chevelure dans le vent me regarde et ajoute:

— Vous allez voir, votre fils va aimer ça! J'ai grandi là-bas, et je mourrai là-bas aussi.

Mon père me regarde et sourit, c'est une situation que l'on connaît bien. Il répond:

— Oui, ma fille n'était pas certaine au début, mais finalement, elle a décidé de venir avec moi. Je suis sûr qu'on va se plaire.

L'inconnu sursaute en me regardant de plus près.

— Oups! Excuse-moi, je pense que j'ai besoin de lunettes, moi là.

Nous éclatons de rire. La méprise est courante et elle m'insulte de moins en moins. Je trouve que les gens sont maladroits. Cheveux courts, vêtements de sport, casquette, petite poitrine et les voilà confondus! Émile se fait prendre pour une fille, moi pour un garçon, c'est ridicule. Des fois, je me demande pourquoi les gens ressentent le besoin de préciser le sexe de la personne à qui ils parlent.

— Moi aussi, j'ai une fille! Jeanne, sors de l'auto, ma grande.

Je regarde mon père, il sait que cette situation me rend mal à l'aise. C'est trop gênant, un adulte qui dit: «J'ai un enfant de ton âge!» Sérieusement, il s'attend à quoi? Qu'on saute de joie en se disant: «Génial! Ce sera ma prochaine meilleure amie!» Non! Ça n'arrive pas. Souvent, on ne s'entend pas du tout et on ne fait que se regarder de travers en se jugeant mutuellement.

La fille qui sort de l'auto a de longs cheveux blonds jusqu'aux fesses. Émile en serait jaloux. Elle a les yeux bleus, un petit nez fin et un visage ovale. Tout le contraire de moi! Avoir une mère d'origine mexicaine m'a permis d'hériter de ce que j'appelle le «gène foncé». Peau foncée, yeux foncés, cheveux foncés! Il m'arrive aussi de me faire demander si je suis adoptée, surtout quand je suis avec mon père, qui a les cheveux blonds et les yeux bleus.

Elle me sourit, elle me juge. Je lui souris, je la juge. Elle a l'air trop parfaite, du genre fifille à maman qui doit jouer du violon, suivre des cours d'équitation et passer ses après-midi à faire de l'artisanat. Je dis ça, mais après, j'imagine bien ce qu'elle doit penser de moi. «Regarde le garçon manqué qui se pense bon.» La fille s'adresse à moi:

— Salut! Il est cool, ton t-shirt.

Je suis surprise, je ne m'attendais pas à ce qu'elle me parle de ce que je porte.

— Merci, c'est le t-shirt de mon groupe préféré, Caravane.

— Cool! Ils doivent faire de la bonne musique.

— Euh... Oui.

— Est-ce que c'est la première fois que tu prends le bateau?

Je regarde le gros navire devant nous.

— Celui-là? Oui, c'est la première fois.

— Si tu veux, je te ferai visiter. Je le connais par cœur. Savais-tu qu'il y avait même une salle de cinéma à bord?

— Sérieux? C'est cool, ça!

Les voitures des premières rangées commencent à avancer. C'est le moment d'embarquer, mon père me demande d'entrer dans l'auto. Jeanne s'empresse de me donner un point de rendez-vous sur le bateau avant de monter en voiture. Je m'assieds, je ferme la portière et je souris enfin. J'avoue avoir jugé Jeanne trop vite, elle a l'air cool comme fille.

Une fois à l'intérieur du bateau, mon père me dit de prendre mon sac à dos parce que nous ne pourrons pas revenir à l'auto pendant les cinq heures de traversée. Après, nous nous dirigeons vers la billetterie, où ma nouvelle amie Jeanne devrait nous attendre. Je m'exclame:

— C'est tellement grand ici, on dirait le *Titanic*.

Mon père éclate de rire.

— Le *Titanic* devait être au moins vingt-cinq fois plus gros que ça!

— Vingt-cinq fois? Tu rigoles?

— Non, non, tu regarderas sur Internet, tu verras bien.

En relevant la tête, j'aperçois Jeanne qui me salue de la main. Elle s'avance vers moi et me dit:

— Ah! Enfin, vous êtes là! Viens, suis-moi!

Elle m'emmène rapidement sans me laisser le temps de placer un mot.

— Où est-ce qu'on va?

— On va aller danser.

— Danser? C'est pas trop mon genre, la danse.

— Pas grave... C'est pour rigoler.

Nous marchons à pas pressés dans le couloir du navire. Jeanne est si rapide que je n'ai pas le temps de me trouver des points de repère. Je ne saurais dire si la billetterie est à gauche ou à droite, ou plutôt à bâbord ou à tribord?

Nous entrons dans une grande pièce qui ressemble à un restaurant-bar. De la musique résonne. Je regarde autour de moi: en plus des passagers et des membres de l'équipage, il y a deux musiciens en performance. Jeanne court devant eux et exécute quelques pas de danse en sautillant sur place et en tapant des mains au rythme de la musique. Je rougis, c'est trop intimidant. Elle se tourne vers moi en riant.

— Viens, sois pas gênée, ce sont mes oncles!

Cet argument ne me convainc pas de me joindre à elle. Ils ont beau être des membres de sa famille, il y a aussi des dizaines d'autres personnes que je ne connais pas qui regardent. Je choisis de l'observer discrètement de loin. Après quelques minutes, Jeanne s'essouffle et revient vers moi en déclarant:

— J'ai faim!

Elle m'attrape la main et je suis une fois de plus forcée de la suivre à travers les pièces du bateau, sans trop savoir où on se dirige.

— Où est-ce qu'on va?

— Manger.

— Où ça?

En posant la question, je vois une affiche sur laquelle il est écrit «Restaurant». Je devine que c'est là que Jeanne veut aller. Toutefois, son attitude devient soudainement étrange. Elle regarde autour d'elle et semble plus en mission commando qu'en route vers le restaurant. Elle m'entraîne dans les escaliers que nous dévalons pour finalement atterrir entre deux portes de métal. Jeanne m'indique de ne faire aucun bruit et me pousse doucement dans un coin. Elle se colle sur moi et attend.

— Qu'est-ce qu'on fait ici?

— Chuuuut! Attends, tu vas voir.

Je reste muette et immobile, à la fois intriguée et nerveuse. Soudain, une des portes s'ouvre et un membre de l'équipage s'engage dans l'escalier, sans s'apercevoir que nous sommes cachées. Dès que l'homme est hors de vue, Jeanne tire sur la porte qu'elle avait réussi à bloquer avec son pied, puis m'entraîne avec elle.

Nous sommes dans l'espace de parking. Jeanne s'empresse de s'accroupir et s'adosse au camion devant nous. Je fais comme elle.

— T'es folle, on n'a pas le droit d'être ici!

Jeanne me sourit et me fait signe de me taire. Je suis confuse, je ne comprends pas ce qui se passe. Elle circule entre les voitures en relevant quelques fois la tête et en la rebaissant aussitôt.

Je suis inquiète, je sais qu'on ne devrait pas être là. Je chuchote:

— Jeanne, qu'est-ce qu'on fait ici?

— Je te l'ai dit, j'ai faim!

Je ne comprends pas le lien entre son appétit et le fait qu'on soit en train de circuler en catimini entre les autos stationnées. Quand tout à coup, Jeanne saisit la poignée d'une portière, qu'elle ouvre discrètement.

Elle se glisse tranquillement dans le véhicule et en ressort avec un sac de chips!

— *Jackpot*!

Elle plonge sa main dans le sac et attrape un tas de chips qu'elle engloutit, puis elle me tend le sac en me demandant, la bouche pleine:

— T'en veux?

Je la regarde, incrédule. Si je comprends bien, Jeanne est en train de voler de la nourriture dans une voiture. Devant mon air hébété, ma nouvelle amie rit et me lance:

— T'inquiète pas, je fais toujours ça avec ma sœur.

J'ai un sourire en coin. Je sais que je ne devrais pas être là, mais d'un autre côté, je trouve aussi que c'est très drôle de fouiller dans les voitures à la recherche de trucs à grignoter. C'est pourquoi je décide de me prêter au jeu. Je repère un sac de Skittles dans une auto rouge, je tire sur la poignée et...

BIP! BIP! BIP! BIP!

Le véhicule se met à crier, et ses lumières à clignoter. Jeanne éclate de rire et s'empresse de m'attraper la main pour courir vers la sortie quand soudain, un gardien surgit à notre droite. Nous faisons rapidement demi-tour. Je n'ai aucune idée de l'emplacement des autres sorties, je ne peux que suivre Jeanne aveuglément. Nous courons à travers les voitures en retenant difficilement notre rire nerveux.

Le gardien nous aperçoit et tente de nous suivre, mais nous sommes plus petites et plus rapides. Mon cœur bat à cent milles à l'heure, je refuse de me faire prendre la main dans le sac de Skittles!

Nous passons finalement une porte qui nous ramène à la cage d'escalier, que nous nous empressons de remonter. Jeanne me tire, et en deux temps trois mouvements, je me retrouve avec elle dans les toilettes. Nous rions à perdre haleine. Toujours en rigolant, elle m'informe:

— Fallait vérifier par la fenêtre si les portes étaient verrouillées avant! Si elles le sont, il y a des chances qu'un système d'alarme soit enclenché!

— Oups!

J'ai du mal à reprendre mon souffle tellement je me tords de rire. Après un moment, ma complice me lance:

— Viens, on va aller voir quel film passe au cinéma.

Je trouve son idée excellente et beaucoup moins risquée que la précédente. Finalement, ma nouvelle amie ne ressemble en rien à l'image que je m'étais faite d'elle. Quand je retrouverai le réseau sur mon téléphone, je m'empresserai de tout raconter à Émile!

CHAPITRE 06

Entre notre escapade à l'étage du parking, le film au cinéma, une partie de cartes à la cafétéria et une balade sur le pont, les cinq heures de traversée passent assez vite. Quand vient le moment de regagner nos voitures, Jeanne me demande:

— Tu devais rejoindre ton père où?

Je hausse les épaules. Je réalise que je suis partie sans prendre le temps de le lui demander.

— Votre auto est à quelle porte?

Oh, oh! Je n'en ai aucune idée. Jeanne éclate de rire. Je fais pareil, mais visiblement avec un peu plus de nervosité qu'elle. Puis, elle me dit:

— Nous, on se retrouve toujours à la billetterie, ton père sera sûrement avec le mien.

— S'il n'est pas là, on fait quoi?

— On le fera appeler au micro.

Mon cœur fait trois tours, pas question que je fasse appeler mon père au micro. J'imagine déjà la scène: «Monsieur Guillaume Paradis est appelé à la billetterie pour retrouver sa petite fille Charlie Paradis-Mendez qui l'attend comme une grande en pleurant comme un bébé!» Non merci!

Heureusement, en arrivant au point de rendez-vous, mon père est là aussi. Soulagement. Mon amie me demande:

— Tu vas rester où?

Je plisse les yeux, je ne comprends pas le sens de sa question. Il me semble que c'est clair que je déménage aux Îles.

— Euh, aux Îles...

Jeanne pouffe de rire.

— Ça je sais, mais sur quelle île?

Je me sens stupide. Je ne savais même pas qu'il y en avait plusieurs, mais maintenant que j'y pense, ça me semble logique, sinon on appellerait ça l'Île-de-la-Madeleine et non les Îles-de-la-Madeleine. Je regarde mon père qui répond pour moi:

— À Cap-aux-Meules.

Jeanne sautille:

— C'est là qu'on habite!

Mon père nous suggère:

— Hé, les filles, vous pourriez échanger vos numéros de téléphone!

Je roule les yeux. Franchement, comme si nous n'y avions pas pensé. C'est fait depuis une heure déjà. Nous regagnons notre voiture. De nouveau seule avec papa, je me sens désormais plus enjouée et optimiste.

Au moment où la grande barrière s'ouvre pour laisser sortir les véhicules, je retiens ma respiration. Là c'est vrai, j'ai déménagé. Nous avançons tranquillement, et c'est à ce moment que j'aperçois pour la première fois l'endroit où je vais vivre: les Îles-de-la-Madeleine. C'est grand et petit à la fois. L'odeur de la mer s'infiltre dans la voiture, je me sens loin de chez moi. La fin du mois d'août annonce pour moi le début d'une nouvelle vie, et je suis... sans sentiment défini. C'est plutôt un mélange de toutes sortes d'émotions que je ne saurais décrire. Le genre d'émotions qui t'empêchent de respirer tout en te donnant un mal de ventre et le sourire. Mon téléphone se met à biper, j'ai à nouveau du réseau! Je m'empresse de prendre des photos que j'envoie à Émile, qui me répond aussitôt par texto.

T'es arrivée ?

Émile

Oui ! Les photos que je viens de t'envoyer te montrent la vue qu'on a en sortant du bateau.

Charlie

Wow ! C'est beau !

Émile

T'aurais dû voir l'intérieur ! C'était fou ! On aurait dit un navire de croisière.

Charlie

Ah oui ? Cool !

Émile

J'ai rencontré une fille qui vit ici. On a passé toute la traversée ensemble.

Charlie

Tu vois, je savais que t'allais te faire des amis rapidement.

Émile

Oui. Et toi, comment tu vas ?

Charlie

Comme d'habitude. Charles me saoule, rien n'a changé depuis ton départ.

Émile

Depuis mon départ hier ! Ha ! Ha !

Charlie

😁

Émile

On arrive, je t'appelle après pour te montrer la maison et te raconter ce que j'ai fait sur le bateau !

Charlie

OK! À +

Émile

Ça fait à peine cinq minutes que nous sommes sortis du bateau que mon père actionne son clignotant pour tourner sur le chemin Boudreau, juste après l'église. Je vois sur son téléphone que notre destination se trouve au bout de la rue. Mon cœur s'emballe. J'ai vu une photo de la petite maison verte qui sera la nôtre, mais savoir que j'y suis en vrai est stressant. Elle se dresse devant nous, notre nouvelle résidence, juste au bout du cap en face de la mer. Mon père se gare dans l'entrée. Je m'empresse de sortir de la voiture. Sur le porche, un homme et une femme nous attendent. La dame s'adresse à moi amicalement.

— Bonjour! Tu dois être Charlie. Bienvenue aux Îles-de-la-Madeleine. La traversée s'est bien passée?

Je souris. Mon père, qui vient de descendre de la voiture, répond:

— Bonjour! Le voyage s'est bien passé, merci. Votre maison est encore plus belle en vrai qu'en photo.

L'homme hausse les épaules.

— C'est une vieille maison traditionnelle tout ce qu'il y a de plus simple, mais je suis certain que vous allez vous plaire ici.

L'homme et la femme parlent avec un accent prononcé, plus perceptible que celui de Jeanne. Leurs «on» sonnent comme des «an», tout comme leurs «in», qui ressemblent aussi à des «an». Dans le genre: «C'est une vieille maisan traditionnelle» ou «Bianvenue aux Îles». J'aime comment ils parlent, on dirait qu'ils chantent.

L'homme s'avance et serre la main de mon père.

— Richard.

Sa femme fait pareil.

— Isabelle.

Richard tend les clés à mon père et nous entrons pour visiter les lieux. La maison est déjà partiellement meublée. Les pièces sont petites, le plancher est usé, l'escalier en bois est étroit et le deuxième étage craque à chacun de mes pas. Cette demeure semble raconter une histoire, elle nous chante elle aussi sa chanson, et je l'aime déjà. J'ai toujours aimé les vieilles maisons.

Il y a quatre petites chambres à coucher.

— Où est-ce que je vais dormir?

— Où tu veux, ma puce.

Je saute de joie. Je regarde les chambres. Il y en a deux avec un lit double, une avec des lits superposés et une dernière avec un petit lit simple. Le choix est difficile. Je les examine une deuxième fois, puis une troisième. J'aime la couleur verte de l'une et le grand lit de l'autre. Je préfère la large fenêtre de la chambre verte, mais le grand placard de l'autre. En me voyant hésiter, mon père me suggère la meilleure idée du monde:

— Tu sais Charlie, il n'y a que toi et moi et quatre chambres. Tu peux en choisir deux si tu veux, mais laisse-moi au moins un lit double.

J'écarquille les yeux: deux pièces pour moi! Ça, c'est trop extra! Je dormirai dans la chambre au grand lit et je me ferai un bureau dans la verte avec le lit simple.

— Alors je prends la verte et celle d'en face!

Mon père entre dans les pièces successivement, il les observe et lance:

— De très bons choix! Alors, les autres seront à moi.

Mon téléphone bipe, je regarde qui me texte, et surprise! C'est Jeanne.

Salut ! Je voulais te dire que ce soir on va faire un feu avec des amis, si jamais tu veux venir avec nous.

Jeanne

Où ça ?

Charlie

Chez mon amie Emmanuelle.

Jeanne

T'habites dans quel coin ?

Jeanne

Sur le chemin Boudreau.

Charlie

Ah oui ? Dans quelle maison ?

Jeanne

Au bout de la rue, elle est verte.

Charlie

Ah ! La maison de Richard et Isabelle.
Je peux venir te chercher si tu veux,
mon amie n'habite pas trop loin.

Jeanne

L'idée de me retrouver avec plein de monde que je ne connais pas m'angoisse au plus haut point. Mais je sais aussi que plus vite j'aurai des amis ici, plus facile ce sera pour la rentrée scolaire la semaine prochaine. Mon cœur voudrait tout de même répondre non, mais finalement, mes doigts écrivent le contraire.

> OK, à quelle heure ?
>
> **Charlie**

> Je ne sais pas encore,
> je te texte plus tard.
>
> **Jeanne**

> OK !
>
> **Charlie**

Je dépose mon téléphone. Mon père est retourné voir Richard pour lui confirmer que tout est parfait. Je jette un coup d'œil par la fenêtre de ma chambre, et soudain, mon cœur fait trois bonds. Ce que j'aperçois de l'autre côté de la rue me donne des frissons dans le dos. Nous habitons juste en face d'un cimetière! Je n'avais pas remarqué ce détail tout à l'heure. Ça, c'est trop flippant! Je détourne le regard. Soudainement, cette vieille maison me plaît beaucoup moins. J'ai une peur bleue des cimetières.

CHAPITRE 07

Avant de décharger la remorque et d'empiler les boîtes dans la maison, mon père me propose d'aller au supermarché. C'est une excellente idée!

Nous faisons les courses ensemble. Je m'assure que papa mette au moins deux paquets de biscuits au chocolat dans le panier et pendant qu'il paye à la caisse, je vais l'attendre à la sortie. Devant moi, il y a un tableau avec des petites annonces. Pour passer le temps, je m'amuse à les lire.

> **Femme de ménage d'expérience disponible en semaine seulement. Des bons prix et beaucoup de produits, c'est promis!**
> **Ghyslaine**

Intéressant. Je déchire un petit papier avec le numéro de la dame en me disant que mon père aimerait peut-être s'épargner la corvée du ménage.

Je viens d'emménager sur l'île et je cherche des petits contrats de rénovation. Homme à la retraite qui travaille avant tout par passion. Contactez-moi pour plus d'informations. Albert

Peu intéressant celui-là, mon père a l'habitude de tout réparer lui-même. C'est un intellectuel manuel, comme il dit.

J'ai une portée de 8 chatons à donner. Ils sont habitués avec les enfants. 3 femelles, 5 mâles.

Oh! Ça m'intéresse, j'aimerais trop avoir un chat! Je prends le numéro de la personne à contacter.

Homme célibataire de 69 ans, propre de sa personne et actif, cherche compagne pour faire des balades à la plage et aller au restaurant. Léonard

Beurk! Non merci!

Nous sommes trois musiciens de secondaire 4 qui recherchons un batteur pour notre groupe Les Voyous. Les personnes intéressées peuvent nous écrire à cette adresse: pomusique@gmail.com.

*** Pour garçons uniquement ***

Je relis cette annonce deux fois, elle a l'air faite pour moi... Si on ne fait pas attention au fait qu'ils ne s'adressent qu'aux garçons. Je suis en train de maudire ma condition féminine et de m'enrager face au sexisme de cette annonce quand mon père arrive à mes côtés.

— Qu'est-ce que tu regardes?

Je lui pointe l'annonce, qu'il consulte à son tour.

— Mais voyons, ce n'est pas correct qu'ils ne veuillent pas de fille! Je suis certain que t'es cent fois meilleure que tous les garçons des Îles au complet.

Je soupire en souriant. Mon père a beau trouver que ma batterie fait trop de bruit, il est quand même mon plus grand fan. Au même moment, une femme qui veut passer avec son panier nous lance:

— Excusez-moi messieurs, j'aimerais sortir.

Je m'écarte et je croise le regard espiègle de mon père, qui me fait un sourire en coin. Cette femme vient de nous donner exactement la même idée, j'en suis certaine!

Pour une fois, mon apparence androgyne et ma voix rauque pourraient me servir! Je sors mon téléphone de ma poche, prends une photo de l'annonce pour avoir l'adresse mail en mémoire et nous sortons fièrement du supermarché, papa et moi.

Mon père s'empresse de me dire:

— Tu vas leur en mettre plein la vue, à ces machos! C'est ridicule de ne pas accepter les filles.

J'éclate de rire.

— C'est exactement ce que je me suis dit! Pas besoin de leur préciser que je ne suis pas un garçon, j'ai juste à jouer assez bien pour qu'ils veuillent de moi dans le groupe.

C'est décidé, je vais demander une audition, et une fois qu'ils m'auront choisie, je leur dirai qui je suis réellement. Ils verront bien qu'une fille peut être aussi bonne à la batterie qu'un garçon. Et même meilleure! J'écris immédiatement un mail pour solliciter une audition.

De retour chez moi, je m'empresse d'aller voir le petit garage pour m'assurer qu'il est prêt à recevoir mon instrument. Si je fais abstraction de l'odeur de poisson séché, l'endroit est correct. Un peu poussiéreux, mais pour ce soir, ça fera l'affaire. Je m'occuperai du ménage plus tard. Je supplie mon père de sortir rapidement ma batterie de la remorque pour que je puisse m'entraîner. Mais il insiste pour que je l'aide d'abord à entrer les boîtes dans la maison. Je le fais à contrecœur, parce que je n'ai qu'une idée en tête: me défouler et préparer mon solo pour impressionner Les Voyous.

Une fois que nous avons mis tous les cartons dans la maison, je cours chercher les premiers morceaux de ma batterie. Je les ramène dans le garage quand mon téléphone vibre.

Ah, zut! Avec cette histoire d'audition, j'ai complètement oublié que Jeanne m'invitait à aller chez une amie ce soir. Si je change d'avis, je vais avoir l'air d'une lâcheuse et si j'y vais, j'ai peur de ne pas être prête pour l'audition. Je prends mon appareil pour vérifier que c'est bien Jeanne qui me texte, toujours incertaine de la réponse que je vais lui donner quand je vois ceci:

Salut Charlie ! Finalement, trop de vent pour faire un feu. Je vais rester chez moi ce soir, on se voit bientôt ?

Jeanne

Pas de prob ! Oui, on pourrait se voir avant que l'école commence, ce serait cool de connaître des gens avant la rentrée.

Charlie

T'inquiète pas pour ça ! 😉

Jeanne

Bonne soirée !

Jeanne

Bonne soirée ! 🙂

Charlie

Avant de remettre mon téléphone dans ma poche, je vérifie si j'ai reçu une réponse des Voyous. C'est confirmé! Ils m'attendent demain à 14h! Je m'empresse d'aller chercher une autre partie de ma batterie, je dois vite m'entraîner. Quand je termine enfin mon installation, j'ai des fourmis dans le bout des doigts tellement j'ai envie de jouer. Je m'assieds sur mon petit siège, j'attrape mes baguettes et je les fais sauter sur les peaux de mes caisses, mes toms et mes cymbales juste pour tester le son.

— C'est parfait!

Je fais tourner mes baguettes dans mes mains et je frappe avec toute mon énergie. Mon pied appuie sur la pédale de ma grosse caisse pour créer un rythme, je me sens à ma place. Les cymbales résonnent dans le petit local, l'acoustique est vraiment bonne!

Soudain, j'ouvre les yeux et je sursaute. Mon père est devant moi en train de crier:

— CHARLIE! CHARLIE! Arrête ça, t'as pas vu l'heure qu'il est?

Je fronce les sourcils et je hausse les épaules, avant de sortir mon téléphone de ma poche pour constater qu'il est 22h45. Oups!

— J'avais pas vu, je m'excuse.

— Idéalement, j'aimerais être en bons termes avec les voisins, et je ne pense pas que leur casser les oreilles à 11h le soir de notre arrivée fasse partie des stratégies de bon voisinage.

Je soupire.

— Il n'est même pas encore 11h...

— Charlie...

— Je sais, je viens de te dire que je n'avais pas vu l'heure!

Je dépose mes baguettes et je suis mon père, qui a déjà fait demi-tour. Je reviendrai demain!

CHAPITRE 08

Je n'ai pas très bien dormi cette nuit. J'ai fait plusieurs rêves bizarres, et en plus du vent qui m'a réveillée quelques fois, j'ai été dérangée par les pleurs du bébé des voisins!

Mon réveil dans cette nouvelle maison me fait me sentir étrange, perdue. Je me lève, fouille dans une boîte et dépose sur la table de chevet le pot de petits mots que mes amis m'ont offerts. J'ouvre un message, histoire de bien commencer la journée.

«Charlie, tu rockes, *baby*!»

Je souris.

Il est 10h06 quand je descends rejoindre mon père, qui regarde la mer sur le perron.

— Ah! Te voilà, ma grande dormeuse!

Il se lève, me prend par les épaules et me tourne vers le large en s'exclamant:

— Regarde ça comme c'est beau! On est tellement chanceux.

Personnellement, je ne m'attarde pas au reflet miroir de l'eau mais plutôt aux pierres tombales éclairées par le soleil qui fait briller chacune d'elles. Comment mon père peut-il s'extasier devant la mer quand il y a un cimetière juste devant?

— Bien dormi, ma puce?

— Ça va.

— As-tu entendu le bruit des vagues? C'était tellement relaxant!

— Hum, non, pas vraiment. J'ai plus entendu le vent souffler et un bébé pleurer.

— Un bébé pleurer?

— Oui, le bébé des voisins.

— Ah! Je n'ai pas eu connaissance de ça, moi.

— Ah non? En tout cas, j'espère qu'il ne pleurera pas comme ça toutes les nuits!

Je rentre dans la maison pour prendre mon petit-déjeuner, et en catimini j'en profite pour attraper un biscuit au chocolat! Rien de mieux pour bien commencer la journée qu'un délicieux goût de biscuit chocolaté! Je souris. Ce serait un bon slogan publicitaire, ça!

Après avoir mangé, je m'empresse d'aller dans mon studio. C'est comme ça que j'ai renommé le garage, je trouve que ça fait plus professionnel. J'y reste un long moment pour m'entraîner en vue de mon audition. Quand je sors de ma bulle musicale, il est passé midi et mon téléphone explose de messages auxquels je m'empresse de répondre. J'écris d'abord à Maxyme et Ève, qui veulent savoir comment je trouve les Îles. Il y a aussi ma mère qui s'informe. Je rédige un long message que je «copie-colle» pour les trois. Puis, je finis par Émile.

Alors?

Émile

Alors quoi?

Charlie

Ben, je ne sais pas, est-ce que tu te plais bien?

Émile

Hum, oui et non. C'est bien parce que je vais passer une audition pour jouer dans un groupe ! Mais c'est moins bien parce que je vis en face d'un cimetière et que ça me fait faire des cauchemars.

Charlie

Ha ! Ha ! Mais cette histoire d'audition, c'est vraiment cool !!

Émile

Oui...

Charlie

J'active la discussion vidéo avec Émile et je lui explique tout. Tout comme mon père et moi, mon ami est outré par le fait que je doive me faire passer pour un garçon afin d'auditionner. Mais lui aussi est convaincu que c'est un bon plan.

Notre discussion est interrompue par l'appel de ma mère. Je promets à Émile de lui donner des nouvelles plus tard, avant de raccrocher avec lui pour accepter la conversation vidéo avec maman. Comme les autres, ma mère est convaincue que je vais en mettre plein la vue aux Voyous. Leur enthousiasme me donne du courage.

Ce n'est qu'une fois assise dans l'auto que je commence à stresser. Et si les garçons se rendaient compte que je suis une fille? Et si je ne les impressionnais pas du tout? Et si je ratais ma performance? Et si je suis acceptée, comment je vais faire pour leur annoncer que je suis une fille? Et s'il y avait d'autres candidats meilleurs que moi? Et si j'étais la plus nulle? Et si, et si, et si... Devant mon angoisse, mon père me répond:

— Et si tout allait bien?

Je souris, il a raison. Tout ira bien! Enfin, j'espère!

Je regarde dehors. Le paysage est magnifique: les collines à perte de vue, la mer et toutes ces petites maisons colorées, je me croirais dans un conte de fées. Mon téléphone vibre à trois reprises. Je regarde qui me texte.

Salut Charlie!

Jeanne

Il y a moins de vent aujourd'hui, je pense bien qu'on va se faire un feu ce soir.

Jeanne

Je te tiens au courant pour l'heure!

Jeanne

OK! Super!

Charlie

Papa gare la voiture dans l'entrée. Les garçons sont devant le garage, dont la porte est ouverte. Je vois qu'à l'intérieur, il y a des instruments. Mon cœur s'emballe. Les quelques pas qui me séparent de l'endroit me permettent d'observer les membres du groupe.

Le plus grand a les cheveux châtains, courts sur les côtés et longs sur le dessus. Ses larges épaules lui donnent l'air plus vieux que les autres. Il est beau, peut-être un peu trop. Il y en a un, plus petit, qui porte une casquette qui cache une partie de ses cheveux bouclés bruns. Il a un visage très carré et même s'il est assis, je devine qu'il ne doit pas être plus grand que moi. Finalement, le dernier a les cheveux rasés et un visage fin. Il semble être le plus jeune des trois.

C'est lui qui s'adresse à moi en premier.

— Salut! T'es Charlie?

— Oui.

— Tu viens d'où?

— Euh... de Québec.

Les garçons se regardent en rigolant. Le plus grand me lance:

— Ça ne fait pas un peu loin pour venir jouer?

— Euh... Oui, mais non, j'habite à Cap-aux-Meules, je viens de déménager.

Le garçon aux cheveux rasés s'adresse de nouveau à moi en riant.

— OK, c'est mieux. Ha! Ha! Moi, je m'appelle Jacob. Je joue de la guit. Le beau là, c'est P.-O., notre chanteur, et le petit, c'est Jimmy, notre bassiste.

Je regarde rapidement les garçons. J'essaie de ne pas avoir l'air gênée, mais en réalité, je voudrais être une autruche et m'enfoncer la tête dans le sable.

— Moi, je m'appelle Charlie, et je joue de la batterie.

P.-O. s'esclaffe.

— J'espère bien, parce que c'est ce qu'on cherche.

Je souris, je me trouve stupide d'avoir ajouté ce détail. Jacob se lève de sa chaise et m'invite à entrer dans son garage.

Je salue mon père de la main et j'entre, plus nerveuse que jamais.

— Tu peux t'installer. Joue ce que tu veux, et après, on va essayer de jammer un peu avec toi, pour voir s'il y a une connexion.

— OK.

Une fois plus proche d'eux, je réalise que je suis la plus petite et que si j'étais vraiment un garçon, j'aurais l'air d'un bébé qui n'a pas encore traversé sa puberté. En fait, pour eux, j'ai probablement l'air d'un bébé! J'espère que ça ne va pas me nuire.

Je m'installe à la batterie et je tente d'offrir une performance impressionnante. Pendant que je joue, les membres du groupe ont parfois les yeux fermés et à d'autres moments, ils me regardent en hochant la tête pour suivre le rythme. J'imagine que c'est bon signe. Par contre, mon stress rend mes mains moites et lors de mon coup final, au moment où j'allais m'élancer pour frapper avec vigueur la cymbale, je laisse échapper ma baguette qui fonce tout droit sur P.-O. Elle effectue une triple pirouette et le chanteur la reçoit en plein milieu du front.

— Aïe!

Merdouille!

— Je m'excuse! Est-ce que ça va?

Les autres garçons éclatent de rire.

— Désolée, je ne fais jamais ça d'habitude.

P.-O. ramasse l'objet et me le redonne.

— C'est OK. Tant que tu ne me crèves pas un œil, ça devrait aller.

Les musiciens se regardent, puis ils se lèvent pour empoigner leur instrument. Je ravale ma salive, l'heure de vérité a sonné. Je vais devoir me coordonner avec eux en espérant faire ma place dans le groupe.

P.-O. prend le micro et me dit:

— Essaie de nous suivre!

Et ils commencent à jouer. Je fais de mon mieux pour inventer un rythme qui s'harmonise avec le leur tout en ayant l'air décontractée. Personne ne veut d'un batteur coincé! Je me sens prise au dépourvu quand je constate que ce qu'ils jouent ne ressemble en rien à ce que j'ai l'habitude d'écouter. Je me concentre tellement pour tenter de comprendre leurs mélodies que je finis par en oublier mon propre instrument et tout à coup, sloup! Ma baguette s'envole une DEUXIÈME fois et va frapper l'arrière de la tête du chanteur.

MERDOUILLE! Je suis foutue! C'est la honte.

P.-O. se tourne vers moi, et pendant que je lui sers un sourire malaisé, il fait signe à tout le monde d'arrêter et me dit:

— Je pense qu'on en a assez entendu.

Il regarde les autres musiciens, qui hochent la tête en signe d'approbation. Je ravale ma salive, j'ai envie de pleurer. Même si d'habitude, j'ai une voix naturellement grave, avec toute l'émotion que j'essaie de contenir, je parle plus comme un chaton qu'un lion.

— Je vous jure que ce n'est pas dans mes habitudes, les gars...

Je me lève, la mine basse, résolue à sortir pour texter mon père et lui annoncer que j'ai complètement raté mon audition comme une pauvre tarte à la citrouille (personne n'aime la tarte à la citrouille) et qu'il peut revenir me chercher, quand P.-O. déclare:

— Non, attends *man*, t'es super bon, on te veut dans le groupe!

Je relève la tête. Je ne sais pas si c'est une blague ou non, mais les garçons ont l'air sérieux. P.-O. ajoute:

— T'es le meilleur gars qu'on a eu en audition... En fait, pour être honnête, vous êtes juste deux à être venus et t'es clairement cent fois meilleur que l'autre. Les Voyous te veulent dans le groupe. Mais il va quand même falloir que tu règles ton problème de mains glissantes.

Je rigole.

— Ouais, promis, je vais me coller les baguettes dans les mains, s'il le faut.

— C'est pas une mauvaise idée ça!

Jacob s'approche de moi en sortant son téléphone pour qu'on échange nos coordonnées. Les garçons m'acceptent également dans leur groupe de discussion exclusif. Je veux hurler de joie, mais je choisis de faire comme si tout ça était relax et normal.

— C'est cool, les gars! Je suis très (concentration pour utiliser un adjectif masculin) contENT. Ce serait quand notre premier entraînement?

Les membres du groupe se regardent, puis P.-O. lance:

— Tout de suite, si tu veux.

— Oui! C'est cool!

Je n'ai pas l'intention de leur avouer aujourd'hui que je suis une fille, je dois d'abord gagner leur confiance. À la prochaine répétition, je leur dirai tout.

CHAPITRE 09

Je viens à peine de rentrer chez moi que je reçois un texto de Jeanne.

Salut Charlie, je passerai te chercher vers 7 h.

Jeanne

OK, parfait, je serai prête.

Charlie

Génial ! Je suis contente que tu viennes !

Jeanne

🙂

Charlie

Je monte dans ma chambre et j'aperçois les boîtes toujours empilées. Je m'en occuperai plus tard. Je texte immédiatement Émile pour lui annoncer la bonne nouvelle.

J'ai été prise dans le groupe !!!!

Charlie

QUOI ? TROP COOL ! Et tu t'es fait passer pour un garçon finalement ?

Émile

Mais oui, c'était ça le plan.

Charlie

Et ils se sont rendu compte de rien ?

Émile

NON ! HA ! HA !

Charlie

Génial ! Et qu'est-ce qu'ils ont dit quand tu leur as avoué à la fin que t'étais une fille ?

Émile

Je ne leur ai pas encore dit la vérité, j'attends d'avoir leur confiance avant. Si je leur dis tout de suite, ça risque de les faire changer d'avis.

Charlie

Ouais, j'avoue ! Bonne décision.

Émile

Hé ! On n'a jamais fait notre test d'amitié finalement !

Émile

Oh ! C'est vrai !

Charlie

Je t'envoie une photo de la page et on le fait maintenant ?

Émile

Je ne peux pas, je dois aller dîner et après, je suis invitée chez quelqu'un pour faire un feu.

Charlie

Dîner ? Depuis quand tu dînes de si bonne heure ?

Émile

Il est une heure plus tard ici !

Charlie

Sérieux ? On n'est plus sur le même fuseau horaire ?

Émile

Non.

Charlie

Ça, c'est vraiment la preuve que t'es trop loin.

Émile

🥹

Charlie

Je suis content que tout se passe bien pour toi, mais j'ai peur que tu m'oublies.

Émile

T'es malade ! T'es mon meilleur ami pour la vie !

Charlie

😁

Émile

J'ai l'impression que j'aurais mille choses à te dire, mais là, mon père m'appelle ! Promis, je t'écris plus tard.

Charlie

OK. À +

Émile

Je dévale l'escalier et je m'empresse d'aller m'asseoir à la table. Mon père déteste quand je ne viens pas manger immédiatement quand il m'appelle.

— Excuse-moi, j'étais en train de parler avec Émile. Il s'ennuie, je ne voulais pas couper la conversation trop rapidement.

— Ça va. Regarde ce que j'ai acheté!

Mon père tend le bras et empoigne quelque chose à côté de lui sur le sol, qu'il me montre fièrement.

— Du champagne?

Papa éclate de rire.

— Presque, mais sans alcool. C'est pour fêter notre arrivée, mais surtout ton nouveau groupe!

Je souris. Mon père a l'air content de son coup et avec raison, ça m'émeut un peu. Papa enlève la pellicule protectrice autour du bouchon qu'il se prépare à faire sauter. Je plisse les yeux et comme une tortue, je tente d'entrer ma tête dans ma carapace. POUF! Le bouchon monte au plafond, s'y cogne et retombe en flèche dans mes macaronis. Nous éclatons de rire. Mon père me dit en souriant:

— Je suis certain que tu vas aimer ici.

Je ne veux pas sauter aussi vite que lui aux conclusions, mais je dois admettre que j'ai, moi aussi, un bon pressentiment.

Je viens à peine de terminer mon assiette quand on frappe à la porte. Je me lève rapidement, un peu nerveuse.

— Ça doit être Jeanne!

J'attrape ma veste en cuir et avant que je sorte de la maison, mon père m'interpelle:

— Tu vas rentrer à quelle heure?

Je crie, pour qu'il m'entende:

— Je ne sais pas trop!

Et je ferme la porte derrière moi.

— Salut! Je suis prête.

Jeanne tourne les talons et empoigne son vélo qu'elle a laissé dans le gazon.

— Ah! T'es venue en vélo?

— Euh, oui...

— C'est juste que moi, je n'en ai pas.

Surprise, Jeanne s'exclame:

— T'as pas de vélo?

— Non…

— OK, pas grave, tu n'as qu'à monter derrière moi.

Je n'ai pas le temps de répondre que mon père ouvre la porte de la maison et me fout la honte:

— Charlie, j'ai besoin de savoir à quelle heure tu vas rentrer.

— Mais enfin, papa, je ne sais pas.

— 10h, pas plus tard.

J'observe Jeanne du coin de l'œil. Elle semble retenir un sourire. J'essaie de ne pas perdre la face.

— Franchement, c'est encore les vacances! Qu'est-ce que ça change?

Mon père se tourne vers Jeanne et lui demande:

— Et toi, Jeanne, à quelle heure tu dois rentrer?

Visiblement mal à l'aise, mais jamais autant que moi, ma nouvelle amie répond:

— Euh… je n'ai pas vraiment d'heure.

Je me sens encore plus ridicule, mon père me traite en bébé et en plus, il le fait devant une fille de mon âge que je connais à peine.

— Bon, OK, c'est peut-être moi qui suis trop sévère alors. Écoute Charlie, si tu rentres à 11h, ça me semble raisonnable.

— 11h30.

— 11h15.

— OK, c'est bon.

Et nous voilà enfin parties! La route est cahoteuse, je dois me tenir fermement à la taille de Jeanne qui pédale. Chaque fois qu'elle roule sur un obstacle, je me retiens de crier et elle rit.

Dès notre arrivée chez Emmanuelle, l'amie de Jeanne, je sens que tout le monde me dévisage. Jeanne me présente avec enthousiasme, mais personne n'a vraiment l'air de vouloir me connaître. Je m'assieds sur une chaise autour du feu, et rapidement, une fille aux très longs cheveux bruns me dit:

— Excuse, c'est ma chaise en fait.

Je me relève rapidement.

— Excuse-moi, je ne savais pas.

Je reste plantée debout en rêvant de me téléporter ailleurs quand Jeanne arrive enfin à ma rescousse.

— Arrête donc de l'embêter, Sophia, elle ne connaît personne. Ce n'est pas gentil de lui faire des blagues comme ça.

J'essaie de sourire, malgré mon envie de pleurer. Jeanne va me chercher une chaise et tente de me rassurer.

— T'en fais pas, ils ont l'air farouches, mais ils sont super sympathiques.

Puis, elle hausse le ton pour que tout le monde l'entende.

— Ils ne sont pas habitués à voir des nouvelles personnes, faut leur pardonner!

Un des garçons réplique:

— Regarde Jeanne qui fait la gentille devant sa nouvelle amie.

La fille aux cheveux longs ajoute:

— C'est normal, faut être sympa avec les touristes.

Je prends mon courage à deux mains. Je n'ai jamais été du genre à me laisser marcher sur les pieds et il n'est pas question que ça commence aujourd'hui. Je me défends:

— Je ne suis pas une touriste. Je viens de déménager ici.

Je sens que le regard qu'on pose sur moi change. Je suis fière de mon coup! Une fille à l'épaisse chevelure frisée se présente:

— Je m'appelle Emmanuelle, et toi?

— Charlie.

— Et tu viens d'où?

— De Québec.

— C'est beau Québec, j'y suis déjà allée.

Je souris. Un garçon blond habillé d'un pantalon de jogging et d'un pull à capuchon me dit:

— Bienvenue aux Îles, Charlie. Excuse notre comportement. Jeanne a l'habitude de débarquer avec plein de gens qu'on ne connaît pas et ils ne sont pas toujours très cool.

Je réponds en blaguant:

— Merci. Et t'en fais pas, je suis cool.

Le garçon éclate de rire et m'informe:

— Je m'appelle Zachary, mais tu peux m'appeler Zac.

Je me détends enfin. Ce qui s'annonçait être la pire soirée de ma vie devient plus agréable. Zachary sort sa guitare et plusieurs des personnes sur place l'accompagnent en chantant. Je n'avais jamais vécu de soirée comme ça avant. À Québec, Émile chante comme un pied et aucun de mes amis ne joue de la guitare. Je suis la seule de mon groupe à avoir l'oreille musicale.

Zac me demande:

— Est-ce que tu joues de la guitare, Charlie?

— Hum, un peu. Mon père m'a appris quand j'étais plus jeune, mais je suis meilleure à la batterie.

Emmanuelle s'empresse de dire:

— J'ai des tam-tam dans la maison, je vais les chercher.

L'idée me paraît bonne. Si je peux faire mes preuves en suivant le rythme, j'arriverai peut-être à convaincre les deux filles en face de moi qui me regardent encore de travers que je suis vraiment cool. Quand Emmanuelle revient et me tend l'instrument, Sophia s'adresse de nouveau à moi:

— Laisse-moi deviner, Jeanne t'a recrutée sur le bateau?

— Euh...

Cette fille antipathique et son amie qui rit à tout ce qu'elle dit ne m'aiment pas, ça se voit, mais je n'ai aucune idée pourquoi.

Emmanuelle intervient.

— Franchement Sophia, ça change quoi?

La Sophia en question ne répond pas. Elle se lève tout bonnement et s'éloigne, suivie comme son ombre par l'autre fille. Je regarde les autres, mal à l'aise et abasourdie.

Jeanne s'étire vers moi et me donne une petite tape amicale sur l'épaule en souriant de toutes ses dents, puis comme toujours, elle m'envoie des mots encourageants:

— T'occupe pas d'elles. Elles sont un peu difficiles d'approche, mais elles s'en remettront. Émy sera gentille quand Sophia ne sera pas dans le coin, tu verras. Tout le monde t'aime bien.

Sérieusement, je ne comprends pas quel est son problème à cette Sophia, je la trouve totalement flippante! Une vraie de vraie garce comme on en voit dans les films. Heureusement, l'ambiance lourde est rapidement allégée par Zachary, qui fait résonner sa guitare en jouant un air connu que tout le monde commence à chanter. Tout le monde sauf moi! Décidément, mes connaissances musicales sont nulles ici, je vais devoir remédier à la situation.

L'avantage avec les percussions, c'est que peu importe qu'on connaisse ou non les paroles d'une chanson, le rythme, lui, se saisit assez rapidement. C'est la raison pour laquelle j'assure aux tam-tam et que j'arrive à m'amuser. Zachary est le garçon le plus amical du groupe et Jeanne surpasse toutes les filles.

Non seulement elle est gentille, mais en plus, elle me fait sentir spéciale en me couvrant de compliments.

— Wow! Charlie, t'es super bonne. J'aimerais te voir jouer de la batterie.

— Tu viendras à la maison!

— Si tu m'invites, c'est sûr que je vais venir!

— Je t'invite!

Jeanne se lève et me serre les épaules par derrière en s'exclamant:

— T'es trop gentille, Charlie!

Sophia grimace, mais je fais comme si je ne l'avais pas vue et je souris à Jeanne.

Au final, cette soirée ne m'a pas entièrement convaincue que mon intégration ici sera facile, mais je ne suis pas sans espoir non plus. C'est pourquoi je lui accorderais une note de 8/10, si Sophia n'avait pas été là... Mais à cause d'elle, de ses regards de travers et de ses insultes détournées du genre «Tu vas peut-être trouver des personnes comme toi avec qui être amie à l'école», je dois malheureusement donner la note de 7/10.

Je finis par rentrer chez moi à l'heure prévue. Je suis contente de savoir que j'aurai quelques connaissances lors de la première journée d'école. Et là, je ne parle pas de Sophia et de sa meilleure amie Émy.

Je me couche, morte de fatigue. Normalement, je prends plusieurs minutes à m'endormir et même des heures, mais pas cette fois. Avec l'audition et la soirée entre amis, je suis complètement vidée d'énergie!

Je suis d'ailleurs un peu confuse quand j'ouvre les yeux en pleine nuit, surprise qu'il soit aussi tard. Je viens de me faire réveiller par des pleurs de bébé. Je vais à la fenêtre afin de prêter une oreille plus attentive et voir d'où vient le bruit. Tout est noir dans les maisons autour. Étrangement, les pleurs semblent venir du cimetière!

Mon cœur s'agite. C'est impossible qu'un bébé pleure dans le cimetière en pleine nuit. Je ferme ma fenêtre, j'ai peur. J'ai passé l'âge d'aller réveiller mon père, alors je retourne dans mon lit en imaginant des scénarios horribles.

Scénario 1 (le plus bizarre): Une femme a perdu son mari alors qu'elle était enceinte et maintenant que l'enfant est né, elle vient chaque soir rendre visite à son défunt mari au cimetière.

Scénario 2 (mon préféré): L'écho donne l'impression que les pleurs viennent du cimetière, mais en réalité, ils viennent d'une autre maison, je suis stupide de m'inquiéter.

Scénario 3 (le plus terrorisant): C'est l'âme d'un bébé mort qui pleure sa mère dans la nuit noire et froide.

Scénario 4 (le plus triste): C'est un bébé qui a perdu ses parents dans un accident et qui se sauve chaque nuit de sa famille d'accueil pour venir pleurer sur leur tombe.

Je finis par m'endormir alors que les premières lueurs du soleil apparaissent entre la mer et le ciel.

CHAPITRE 10

Mon père fait tellement de bruit dans la maison que je n'arrive plus à dormir. J'ai beau enfouir ma tête sous mon oreiller, me cacher dans les couvertures, il n'y a rien à faire. Je suis officiellement réveillée. Je rage! Nous avons pourtant un accord, papa et moi. Il est interdit de faire du bruit avant 9h le matin. Je soupire fortement en sortant du lit, énervée.

J'empoigne mon téléphone pour regarder l'heure: 11h39!! Normal que je n'arrive plus à dormir, c'est presque l'heure du déjeuner! Je comprends maintenant pourquoi mon père fait autant de bruit! Je descends au rez-de-chaussée.

Le salon est rempli de cartons vides. Toutes les portes des armoires de la cuisine sont ouvertes, et mon père est grimpé sur une chaise, la tête au fond du garde-manger.

— Papa? Qu'est-ce que tu fais?

Sans retirer sa tête de l'armoire, mon père me répond:

— Je vidais des boîtes et quand j'ai voulu ranger la friteuse, j'ai remarqué des crottes de souris. Je suis en train de vérifier partout, et je pense bien qu'on a un petit problème de rongeurs dans la maison.

Mon père descend de la chaise et saisit son téléphone, tout en continuant de me parler.

— Je vais appeler Richard tout de suite.

— BEURK! Des souris! C'est dégueulasse!

Papa pose le téléphone sur son oreille.

— Franchement, Charlie, c'est normal dans une vieille maison. Allô Richard! C'est Guillaume...

J'ouvre le frigo et au même moment, une petite souris apparaît et se faufile entre mes jambes. Je hurle à pleins poumons et je me hisse sur le comptoir. Mon père s'empare d'un torchon à vaisselle et tente d'attraper la bête, mais elle se libère et grimpe sur la poubelle pour sauter sur le comptoir. ELLE VEUT M'ATTAQUER!!!

— Attrape-la, Charlie!

— T'ES MALADE!!!!!

Mon père crie.

— Voyons, Charlie, c'est juste une petite souris!

Je saute au sol et cours me réfugier dans ma chambre. Petite ou pas, c'est dégueulasse!!! Je ferme et j'étends ma veste au bas de la porte. Pas question que la souris passe en dessous!

J'entends mon père se moquer de moi.

— Les petites bêtes ne mangent pas les grosses!

Je fais comme si je ne l'entendais pas. Une fois remise de mes émotions, je déballe une première boîte. Il est temps que je m'approprie mon espace.

Finalement, même si j'ai toujours rêvé de dormir dans un grand lit, je change d'avis et je décide de prendre la chambre verte avec le lit simple. Les pleurs du bébé me dérangeront peut-être moins. J'aurais aimé transférer le lit double de pièce, mais la chambre n'est pas assez grande pour l'accueillir.

J'ai presque fini de tout aménager quand je reçois un texto de Jeanne.

Salut Charlie, on va sauter les caps,
tu veux venir avec nous?

Jeanne

Sauter les caps?

Charlie

Sauter dans la mer au bout des caps.

Jeanne

Sérieux?

Charlie

Oui, oui.

Jeanne

Je t'ai trouvé un vélo, en plus. Parce que c'est un peu trop loin pour que tu montes avec moi cette fois.

Jeanne

Je peux prendre le bus aussi, et vous rejoindre là-bas!

Charlie

HA! HA! Le bus ici, c'est pas comme à Québec! Il vaut mieux y aller à vélo, on sera plus libres dans nos déplacements.

Jeanne

OK, si tu le dis.

Charlie

Super ! Je vais bientôt passer te chercher.

Jeanne

👍

Charlie

Je dépose mon téléphone, fouille pour trouver mon maillot de bain que j'enfile, puis je me rhabille avant d'aller chercher mon père pour l'informer de mon départ imminent. Je le retrouve dehors avec Richard, en train de regarder sous la maison.

— Papa, je vais à la plage avec Jeanne.

— OK.

Cette histoire de souris m'écœure. Je m'empresse de retourner dans la maison pour ne pas les entendre en parler.

Quand Jeanne arrive, je vais à sa rencontre dans l'entrée et je constate qu'elle n'est pas seule.

— Charlie, je te présente ma sœur Alice. Elle est arrivée en avion ce matin avec ma mère.

La sœur de Jeanne ne lui ressemble pas. Elle a le visage rond, de grands yeux, plein de taches de rousseur et des cheveux roux frisés.

— Salut Alice.

Je ne saurais dire qui est la plus vieille des deux car elles ont exactement la même taille.

— Alice est aussi grande que moi, mais c'est quand même moi la plus vieille.

— Plus vieille d'un an et demi!

Je n'y crois pas, Jeanne a lu dans mes pensées ou quoi?

Ma nouvelle amie fait rouler un vélo vers moi.

— Tiens! C'est pas le plus beau, mais il devrait faire l'affaire.

— Comment t'as fait pour venir en traînant un autre vélo avec toi?

Les sœurs échangent un regard complice et s'esclaffent.

— Ça n'a pas été facile, mais on l'a eu.

— En tout cas, merci. Vous l'avez pris où?

Jeanne répond fièrement:

— Je l'ai volé!

J'écarquille les yeux.

— Sérieux?

Jeanne éclate de rire.

— Mais non, je plaisante!

Sa sœur précise:

— Bah, c'est pas faux non plus, Jeanne!

Je fronce les sourcils. Jeanne roule les yeux et Alice précise:

— C'est à notre oncle, il ne s'en sert plus. Jeanne l'a pris sans lui demander la permission.

Mon amie s'empresse de se défendre:

— Mon oncle est en fauteuil roulant depuis un an! Il n'en a pas besoin. Bon, on y va ou pas?

Je me mets en selle, non sans malaise. Ce n'est pas un vélo volé, mais presque... D'un autre côté, je me dis que Jeanne doit bien savoir ce qu'elle fait. De plus, quoi qu'il arrive, ce sera à elle de fournir des explications à son oncle. Nous partons en direction de la plage.

Une fois arrivées, nous laissons nos vélos près du trottoir en bois et nous marchons vers les caps. Au bout de la falaise, je reconnais Zachary et un de ses amis qui s'appelle Éli (si je me souviens bien). Les garçons sont en maillot de bain, mais encore au sec. En nous voyant, Zac s'exclame:

— Ah! Enfin! Ça a été long!

Jeanne répond:

— On est passées chercher Charlie.

— Salut Charlie. Hé! *What a trail* Alice, ça fait un bout de temps qu'on ne t'avait pas vue!

Alice serre Zac dans ses bras.

— Je suis rentrée ce matin.

— C'était comment ton été à Montréal?

— Chaud!

Je regarde Jeanne et je la questionne:

— *What a* quoi? Qu'est-ce que Zac vient de dire?

— Ha! Ha! C'est une expression d'ici, ça veut dire que ça fait longtemps.

— Ah! OK...

L'accent et les expressions des Madelinots sont absolument charmants! Ça rend tout le monde plus mignon, on dirait! Je laisse mes amis discuter et je m'approche du bord du cap pour en apprécier la hauteur. Le paysage est impressionnant. Mes pieds marchent sur de la terre rouge orangé, il y a de l'eau à perte de vue, les caps colorés contrastent avec le bleu de la mer, j'ai rarement admiré quelque chose d'aussi beau... et d'aussi HAUT!

Je ne m'imagine pas sauter d'ici. Je sens le besoin de le confirmer au reste du groupe.

— Vous ne sautez pas d'ici, j'espère?

Éli rigole.

— Tu as peur?

— Sérieux? Ce n'est pas dangereux?

Plutôt que de me répondre, le garçon à la peau bronzée et aux yeux bridés s'élance et se jette dans la mer en faisant une pirouette.

Je dois avouer que je suis impressionnée. Jeanne et Alice retirent leurs vêtements pour être en maillot, et je fais comme elles. Jeanne saute en poussant un cri strident, Alice la suit quelques secondes plus tard.

Je m'approche du bord et je crie:

— Mais vous faites comment pour remonter?

Zac me tend la main et me dit:

— Il y a une corde en bas...

Je le regarde dans les yeux. Il croit vraiment que je vais faire la princesse apeurée et lui tenir la main?

— Je n'ai pas besoin d'un garçon pour sauter.

Je m'élance dans le vide, complètement terrorisée, mais remplie d'orgueil. Le froid de l'eau saisit mon corps, le sel dans ma bouche me surprend. Ma tête reste submergée quelques secondes et je remonte à la surface en criant:

— C'est vraiment cool!!!!

Je remarque que Zac est toujours en haut du cap, il me fixe en souriant. Je lui tire la langue juste avant qu'il s'élance à son tour.

Jeanne nage vers moi.

— Bravo Charlie!

Je nage jusqu'à la corde, que j'empoigne fermement. À cause des pierres glissantes, j'ai du mal à assurer. Remonter est franchement plus difficile que sauter. Éli, qui a grimpé avant moi, m'aide à me hisser sur le rocher pendant que Jeanne me pousse à l'arrière. La grande classe.

Une fois de retour en haut, Jeanne me demande, souriante:

— Et alors, tu as aimé?

— Vraiment! On le refait?

— OK, viens, on saute en même temps!

Je suis excitée à l'idée de me lancer une deuxième fois dans la mer, quand j'aperçois P.-O., le chanteur des Voyous, qui arrive avec une bande d'amis. MERDOUILLE! S'il me voit en bikini, il va vite comprendre que je ne suis pas un garçon! Jamais de la vie!

Je suis coincée. Si je tente de m'en aller, je vais le croiser et il va me voir. Ma seule option est de sauter dans l'eau le plus vite possible avant qu'il m'aperçoive. Je pique une course et j'agrippe Jeanne au passage pour l'emporter avec moi. Mon amie crie et plonge en riant.

Une fois que ma tête est dans l'eau, j'ai la ferme intention de nager le plus loin possible avant de ressortir. À bout de souffle, je finis par être obligée de revenir à la surface pour respirer, mais comme j'ai les yeux fermés, je ne remarque pas cette chose mauve et gluante juste au-dessus de ma tête. J'entends «Attention au soleil de mer!» mais il est trop tard: je reçois une méduse en plein visage.

AAAAAAHHH!!!!!!

C'est que ça chauffe, ce truc!!!! Je panique, j'ai le visage en feu! Mais pas question que je remonte sur le cap pour croiser P.-O. Jeanne arrive derrière moi en criant:

— Est-ce que ça va?

C'est décidé, je vais nager jusqu'à la plage, de l'autre côté du cap et jusqu'à Québec, s'il le faut.

— Attends, Charlie, t'es pas dans le bon sens, la corde est de l'autre côté.

En plongeant ma tête dans l'eau, la brûlure chauffe un peu moins, la douleur se transforme peu à peu en engourdissement. Quand j'atteins enfin la plage, je ne sens presque plus mon visage et je n'ai aucune idée de quoi j'ai l'air. Est-ce que je suis rouge? Est-ce que j'ai la tête gonflée comme un ballon? Est-ce que j'ai encore de la peau? Derrière moi, Jeanne arrive à son tour sur la terre ferme, à bout de souffle.

— T'es folle, pourquoi t'as nagé jusqu'ici?

Pas question que je lui avoue la vérité! Si elle savait que je me fais passer pour un garçon durant mes temps libres, ça risquerait de jeter un froid sur notre amitié.

— C'est la méduse, ça m'a fait paniquer, j'avais trop mal.

— Ma pauvre, est-ce que ça va? T'as le visage fort rouge!

— Ça va aller, mais je suis plutôt engourdie. C'est dangereux ce truc?

— Ça dépend de comment elle t'a touchée. Mets du sable sur ton visage, ça va te faire du bien.

— Du sable?

— Oui, oui, tu vas voir.

Je m'exécute, je me sens ridicule avec un masque sablonné.

— Viens, on va aller rejoindre les autres.

— Je n'ai plus trop envie, je pense que je vais rentrer.

— OK, mais allons chercher nos vêtements au moins.

Récupérer mes vêtements pour risquer de tomber face à face avec P.-O., non merci! D'un autre côté, je ne peux pas rentrer à moitié habillée non plus!

Jeanne rigole.

— Pourquoi tu ris? C'est pas drôle!

— Excuse-moi, c'est juste qu'avec ton masque de sable, on ne dirait pas que c'est toi! Je te trouve plus belle au naturel, disons!

Sans le savoir, mon amie vient de me donner une idée! Je vais aller chercher mes affaires, mais je vais garder le masque, comme ça, P.-O. ne me reconnaîtra pas. J'assume le ridicule et la honte: l'important, c'est que ma double vie ne soit pas mise au jour!

— OK, allons chercher nos affaires, après je pars.

— Mais oui, je comprends. Tu peux aller te rincer avant, ça devrait aller.

— Euh... Non, non, je vais garder le masque, ça me fait du bien.

— Ha! Ha! T'es certaine?

— Oui, oui!

— Euh... OK.

Je reviens vers les caps avec Jeanne, je me sens complètement ridicule, mais je ne le montre pas. En nous voyant arriver de loin, Alice crie:

— Est-ce que ça va?

Sa sœur répond:

— Moyen, on va rentrer, je pense.

La rouquine attrape nos affaires et vient nous rejoindre en courant. Merci Alice, je n'aurai pas à me rendre plus près.

— Tiens, j'ai tes affaires. Ça va, ton visage? Le soleil de mer ne t'a pas trop brûlée?

Je n'écoute pas ce qu'Alice me demande, je suis trop occupée à chercher P.-O. du regard. Soudain, une voix derrière moi me fait sursauter.

— Ça va, les filles?

Merdouille, c'est lui. Jeanne lui répond:

— Oui, oui, notre amie s'est pris le visage dans un soleil de mer.

P.-O. nous informe qu'il a suivi son cours de secourisme et il me conseille d'aller me rincer avec de l'eau de mer pour qu'il puisse constater l'ampleur de mes brûlures. Je secoue la tête, pas question que je lui dévoile mon visage. D'ailleurs, le vent commence à souffler le sable. Je tente d'éviter son regard en fixant le sol et en me tournant, mais ça urge que je déguerpisse d'ici! Je marmonne:

— Ça va, merci.

Et comme une idiote, je m'enfuis sans donner d'explications.

Cette première baignade dans la mer est un flop! Cependant, elle m'a permis de constater que Jeanne et Alice sont de bonnes amies, car elles me rattrapent rapidement et me raccompagnent à la maison.

CHAPITRE 11

Quand je rentre chez moi, je n'ai qu'une idée en tête: montrer ma blessure à mon père! Il est pharmacien, il saura me conseiller. Heureusement, papa se montre rassurant. Une petite crème suffira, selon lui. Même si la douleur était intense sur le coup, il n'y a qu'une petite partie de ma joue qui semble blessée.

Une fois qu'il m'a soignée, mon père me propose d'aller jammer dans le garage avec lui! Il sait que ça me fait toujours du bien quand je suis stressée. J'apprécie son offre. Je vais profiter de sa présence pour m'exercer, car je dois continuer d'être la meilleure si je veux que Les Voyous acceptent de me garder quand je leur dirai la vérité.

Mon père connaît plusieurs groupes que les garçons m'ont nommés, ce qui ne m'étonne pas! Papa est un passionné de musique, comme moi. C'est d'ailleurs grâce à lui que je suis fan de rock! Papa a lui aussi fait partie d'un groupe quand il était jeune. Je pense que c'est une des raisons pour lesquelles on s'entend bien, lui et moi.

Il est environ 17h quand je reçois un message qui met un terme à notre jam.

Je m'emmerde! Répétition ce soir, les gars?

Jacob

Jimmy

Quelle heure?

Jimmy

Moi, je peux dans une heure.

P.-O.

Jacob

Mes mains deviennent moites, mon cœur s'emballe, je sue en dessous des bras. Ce n'est pas l'idée de m'entraîner ce soir qui m'angoisse, mais plutôt le fait de devoir leur révéler la vérité. Je sais que plus j'attends, plus ce sera difficile de le faire, mais je sais aussi que si je le fais trop tôt, ils ne voudront peut-être plus de moi dans le groupe. Si au moins j'avais une boule de cristal pour me prédire l'avenir, je saurais à quoi m'en tenir.

Je prends une grande inspiration et je texte:

Ok, j'y serai.

Charlie

Je vais dehors voir mon père qui est sorti prendre un peu d'air frais. Le garage sent encore le poisson séché!

— Papa?

— Oui?

— J'ai une répétition dans une heure, peux-tu me conduire?

— Oui, avec plaisir!

Mon père me prend par les épaules et me tourne dos à lui pour m'étreindre.

— Regarde ça comme c'est beau!

J'observe la mer devant moi, c'est vrai que c'est magnifique.

— J'ai pensé à ça, qu'est-ce que tu dirais si on avait un chat?

J'écarquille les yeux, je ne suis pas certaine d'avoir bien entendu. Papa n'a jamais voulu d'animal et moi, j'ai toujours rêvé d'en adopter un!

— T'es sérieux, là?

— Oui, oui, Richard connaît un homme dont la chatte a eu une portée, on pourrait aller les voir demain après ma journée de travail.

— AH! C'est vrai, tu commences à travailler demain, toi!

— Eh oui! Terminées les vacances!

— Es-tu stressé?

— Un peu. Ce n'est jamais facile d'arriver dans un nouveau milieu de travail. C'est un peu comme changer d'école.

— Oui, sauf qu'à ton travail, tu n'as pas des centaines de collègues.

— T'as raison! Mais tu as déjà des amies ici, je suis certain que ça va bien se passer.

Je n'ai pas trop envie de penser à l'école pour le moment. Je reviens à cette histoire de chat, qui me semble irréelle.

— Mais attends, t'es sérieux pour le chat?

— Si c'est ce que tu veux, on ira en chercher un.

Je m'excite. C'est sûr que j'en veux un!

C'est avec cette bonne nouvelle dans les poches que je rentre préparer mes affaires pour la répétition de ce soir. Une gourde d'eau, mes baguettes, ma veste en cuir (et une bonne dose de courage), le tout bien rangé dans mon sac à dos.

Quand mon père me dépose devant la maison de Jacob, je suis résolue à leur dire la vérité après avoir fait mes preuves, c'est-à-dire à la fin de la répétition!

J'entre dans le garage, tout le monde est déjà là.

— Salut les gars!

P.-O. s'avance vers moi.

— Ah! Charlie! On était justement en train de parler de toi.

— Ah oui? Vous disiez quoi?

Jacob enchaîne.

— On se demandait si t'avais une copine.

Je manque de m'étouffer.

— Une copine?

Jimmy m'explique.

— Ouais, parce que ma sœur est célibataire, et je pense que tu serais son genre.

Je ne sais pas quoi répondre, je ris nerveusement et j'essaie de me sortir de cette situation.

— Bof, je ne me cherche pas vraiment de copine pour le moment.

— T'es sûr? La sœur de Jim est vraiment mignonne.

— C'est vrai ça, P.-O. est même sorti avec elle au primaire.

Jacob me tend son téléphone pour me montrer une photo de la fille en question. Je la regarde, en tentant de ne pas avoir l'air trop bizarre.

— C'est vrai qu'elle est belle, mais comme j'ai dit, je ne me cherche pas de copine.

Jacob reprend son téléphone.

— Comme tu veux.

Je m'assieds sur le siège devant la batterie. Cet instrument est de moins bonne qualité que le mien, mais il sonne quand même bien. Je frappe quelques coups pour me réchauffer et P.-O. me fait écouter des chansons qu'ils aiment répéter normalement.

La plupart sont d'artistes que je ne connais pas et elles ont une sonorité assez country, un genre que je n'ai pas l'habitude d'entendre, mais je leur promets de les apprendre.

— D'habitude, je joue plus du rock, je vais devoir m'entraîner un peu.

— Ah oui? Cool! Tu pourrais nous montrer tes musiques préférées!

— Mais oui, c'est sûr!

Nous passons une bonne partie de la soirée à écouter des chansons tout en tentant de les reproduire. Plus les minutes avancent, plus mon stress augmente. Je me suis promis d'avouer la vérité à la fin de la répétition, mais j'ai peur de manquer de courage. J'ai chaud, j'ai du mal à respirer, je dois rapidement me débarrasser de ce secret sinon je sens que je vais exploser.

Pendant que Jacob ouvre le réfrigérateur pour en sortir des canettes de boisson gazeuse, je saute sur l'occasion pour me lancer. Je compte «1-2-3 GO!» dans ma tête. Je m'apprête à ouvrir la bouche, mais Jacob me parle avant que j'aie le temps de dire un mot.

— Et toi Charlie, tu veux quoi? Pepsi ou 7-Up?

— Ah! Non merci, j'ai ma gourde.

Je compte à nouveau «1-2-3 GO!» dans ma tête, mais aucun son ne sort de ma bouche. Je prends une grande inspiration: «1-2-3 GOOOOOO CHARLIE!!»

— Hé les gars, je me demandais pourquoi vous ne vouliez pas de fille dans le groupe. Aviez-vous peur qu'une fille soit moins bonne qu'un garçon?

Petit rire nerveux, OUF! Je suis sur la bonne voie! Prochaine étape, je leur révèle que je suis une fille!

Jimmy baisse la tête et joue quelques notes sur sa basse. P.-O. regarde Jacob, la mine renfrognée, et m'avoue:

— Non, ça n'a rien à voir. Avant toi, c'était une fille qui jouait avec nous, Éva-Rose.

Cette réponse me surprend, mais ce qui suit me glace le sang.

— Mais elle a eu un cancer et elle est morte au mois de mai.

Jimmy poursuit:

— Et avant qu'elle meure, on lui a promis de ne jamais la remplacer, qu'elle serait toujours la seule fille du groupe Les Voyous.

Ma gorge se serre, mon cœur s'arrête. Je suis un poisson hors de son bocal, je manque d'air, je ne peux pas leur avouer que je suis une fille, sinon ils vont m'en vouloir à mort (argh, je regrette ce jeu de mots involontaire)! Je n'ai pas d'autre choix que d'annoncer:

— Ah! Mais oui, je comprends. C'est normal.

Et pour ajouter au malaise, Jacob lève sa canette et lance:

— À Éva-Rose!

Les deux autres garçons répondent en chœur:

— À Éva!

Je le fais aussi, mais avec beaucoup moins de conviction, et la drôle d'impression que le fantôme de cette fille est peut-être en train de me regarder et de se dire que je ne mérite pas ma place ici.

J'ai maintenant deux options:

1: Quitter le groupe.

2: Rester dans le groupe et vivre avec mon mensonge à jamais, et peut-être risquer d'être hantée par un fantôme jaloux!

Pour être honnête, je n'ai nullement l'intention de me sacrifier. Désolée, Éva-Rose, mais c'est le rêve de ma vie qui se réalise, je ne peux pas le laisser filer. Au fond, je suis certaine que tu me comprends, n'est-ce pas?

CHAPITRE 12

J'ai à peine mis les pieds chez moi que je m'empresse de commencer une conversation vidéo avec Émile pour lui raconter ce qui m'arrive.

— OH! *My God*, Charlie!!! Qu'est-ce que tu vas faire?

— Je ne sais plus, je panique! Je me sens hyper mal de leur mentir, mais je ne veux pas quitter le groupe. J'ai retourné la situation dans tous les sens et je pense que comme les garçons habitent au village de Havre-Aubert et moi à celui de Cap-aux-Meules, je pourrais arriver à vivre ma double vie sur deux îles différentes.

— J'avoue, mais c'est quand même risqué, tu peux les croiser n'importe où.

— Je sais, ça m'est arrivé aux caps. D'un autre côté, je pense que je préférerais changer de sexe plutôt que de renoncer au groupe.

— Tant que ça?

— Oui, tant que ça! C'est mon rêve d'avoir un groupe, tu le sais, Émile! Et j'adore jouer avec Les Voyous, ils sont vraiment cool. Ils m'ont dit qu'ils faisaient plusieurs spectacles par année et qu'ils gagnent même de l'argent avec leur musique!

— Je comprends.

Émile dépose son téléphone et continue de me parler en fouillant dans son bureau.

— Hé! Ça me fait penser! Dans ma revue, il y a le test «Es-tu né(e) pour être une star?». Je l'ai fait et ça dit que j'ai l'âme d'une diva! On pourrait le faire pour toi. Si par hasard on découvre que tu es plutôt faite pour être embaumeuse, ça pourrait t'aider à prendre une décision!

J'éclate de rire. C'est sûr que je ne passerais pas ma vie à maquiller des morts! Mais comme j'aime bien faire des tests, j'accepte la proposition de mon ami.

Émile s'assied à son bureau avec sa revue devant lui, crayon en main. Moi, je me lance dans mon lit et je m'installe confortablement pour répondre aux questions.

Es-tu né(e) pour être une star?

1. Comment réagis-tu quand une personne publie une photo de toi sur Internet sans t'en parler?

a. Je déteste ça et je lui ordonne de retirer sa publication.
b. Si la photo est jolie, ça va; sinon, je prépare une douce vengeance.
c. Ça m'importe peu. De toute façon, qui va vraiment s'y intéresser? Ce n'est qu'une photo.
d. Depuis quand faut-il demander la permission pour publier la photo de quelqu'un? Si je ne voulais pas être pris(e) en photo, je resterais chez moi ou je me promènerais avec un sac sur la tête.

2. Qu'est-ce qui te fait plus envie parmi ces objets?

a. Un cinéma maison avec console de jeu et casque virtuel intégré.
b. Un drone.
c. Un voilier.
d. Une décapotable rouge qui brille au soleil.

3. Quel genre de maison rêves-tu d'avoir?

a. Une petite maison dans la forêt ou sur une ferme.
b. Une belle maison en banlieue avec une piscine.
c. Un appartement dans un gratte-ciel.
d. Seulement une maison? Pas question, je veux plusieurs résidences dans le monde entier.

4. Aimes-tu voyager?

a. Non, on n'est jamais mieux que chez soi.
b. Oui, une ou deux fois par année.
c. J'adore voyager, je suis toujours prêt(e) pour un nouveau voyage.
d. Voyager, c'est mon mode de vie! Ma maison, c'est le monde!

5. Combien de temps peux-tu survivre sans voir tes amis?

a. Une semaine, pas plus.
b. Un mois, si je fais quelque chose de vraiment amusant.
c. Un été, mais après, je ne veux plus m'en séparer!
d. Peu importe où je vais, je me fais de nouveaux amis, alors je ne suis jamais loin d'eux.

6. Quels sont les événements de ta vie que tu préfères garder privés?

a. Chaque seconde!
b. Les moments embarrassants, comme la fois où j'ai collé ma langue sur un poteau en plein hiver.
c. Chaque fois que je suis nu(e) ou dans la salle de bain.
d. Aucun.

7. Comment réagis-tu quand tu apprends qu'une personne ne t'aime pas?

a. Ça me fait beaucoup de peine et j'essaie de comprendre ce que j'ai fait de mal.
b. Ça m'attriste, mais je me dis que moi non plus, je n'aime pas tout le monde.
c. Ça tombe bien, parce que moi non plus, je ne l'aime pas.
d. Moi je m'aime, c'est l'important!

8. Lequel de ces métiers te vois-tu exercer plus tard?

a. Embaumeur(se) ou biochimiste.
b. Enseignant(e) ou designer.
c. Auteur(trice) ou musicien(ne).
d. Chanteur(euse) ou politicien(ne).

9. Laquelle de ces villes aimerais-tu habiter?

a. Trois-Rivières.
b. Québec.
c. Montréal.
d. Los Angeles.

10. Dans quel type d'art es-tu bon(ne)?

a. Le tricot ou la poésie.
b. La peinture ou la sculpture.
c. L'écriture ou la musique.
d. Le chant ou la comédie.

Émile compile les résultats de mes réponses.

1. C: Ça m'importe peu. De toute façon, qui va vraiment s'y intéresser? Ce n'est qu'une photo. (Émile publie souvent des photos de moi sans me le dire!)

2. A: Un cinéma maison avec console de jeu et casque virtuel intégré.

3. D: Seulement une maison? Pas question, je veux plusieurs résidences dans le monde entier.

4. B: Oui, une ou deux fois par année.

5. D: Peu importe où je vais, je me fais de nouveaux amis, alors je ne suis jamais loin d'eux. (Comme je survis déjà sans mes amis de Québec, j'avais une bonne idée de la réponse!)

6. C: Chaque fois que je suis nu(e) ou dans la salle de bain.

7. D: Moi je m'aime, c'est l'important!

8. C: Auteur(trice) ou musicien(ne). (Trop facile comme réponse!)

9. B: Québec.

10. C: L'écriture ou la musique. (Encore trop facile!)

— Et alors? Qu'est-ce que ça dit?

— Je te donne les résultats et je te dis après lequel est le tien!

Émile regarde sa revue et me lit:

Tu as eu une majorité de A

La vie de star ne te convient absolument pas. Tu devrais peut-être songer à trouver un métier où tu pourrais travailler dans le confort de ton foyer ou pourquoi pas, bien à l'abri dans ton sous-sol?

Tu as eu une majorité de B

La célébrité, non merci! Tu ne refuserais pas une petite heure de gloire passagère, mais jamais tu ne tolérerais de vivre sous les projecteurs toute ta vie. Il pourrait toutefois être amusant pour toi de participer à un jeu télévisé, le temps d'une émission.

Tu as eu une majorité de C

La célébrité? Pourquoi pas? Tu trouverais facile de vivre une vie publique. Peut-être pas comme une star d'Hollywood qui n'arrive même pas à changer de coiffure sans qu'on en parle dans une revue à potins, mais le star-système t'irait très bien!

Tu as eu une majorité de D

Alors là, toi, tu es une vraie diva! Non seulement la célébrité t'ira comme un gant, mais en plus, tu la rechercheras toujours. La vie privée est un concept que tu ne comprends pas, une vie sans paparazzi serait trop ennuyeuse. Acteur/actrice, chanteur/chanteuse, politicien/politicienne, influenceur/influenceuse seraient certainement des bons choix de carrière.

— Tu as une majorité de C, suivie de près par les D. Je pense que la réponse est claire: tu vivras un jour la célébrité. Même si ce n'est pas Hollywood, tu seras au moins connue au Québec. Et c'est sûr que c'est parce que tu feras partie d'un groupe de musique.

— J'espère! Parce que je n'ai pas l'intention de devenir première ministre.

Nous éclatons de rire. Je conclus:

— Alors je crois que le mieux, c'est que je reste dans le groupe.

— C'est ce que je pense aussi.

— Mais imagine si on devient célèbres! Je vais devoir cacher toute ma vie que je suis une fille?

— Bah, tu pourras toujours dire que c'était ta couverture d'artiste pour rester anonyme dans ta vie privée.

— Ah! Mais oui! Tellement! Merci Émile! Ça, c'est vraiment une bonne idée! Si un jour je dois dire la vérité, c'est ce que je dirai!

Cette idée lancée par mon ami me rend plus légère (pour le moment). Je me dis que je peux vivre longtemps avec mon mensonge et que j'aurai une explication à fournir si jamais je dois me justifier quand je serai célèbre.

— Te rends-tu compte, Charlie, que tu as la chance de vivre une double vie? Tu vas pouvoir savoir comment c'est d'être un garçon ET une fille!

— J'avoue que c'est cool!

— Cool, tu dis! Moi, j'aimerais bien savoir ça fait quoi d'être dans la peau d'une fille.

— Bah c'est pareil... Moi, je suis la même en garçon ou en fille!

— Vraiment?

— Ouais, peut-être pas, je ne sais pas trop. Ça ne fait pas assez longtemps que je suis un garçon pour le savoir.

Nous rigolons.

— Sinon, et toi? Comment vas-tu, Émile la banane?

— Je vais super bien! Je me suis encore fait reconnaître hier au parc!

— Sérieux?

— Je te le jure!

— Wow! On dirait que tu vas devenir célèbre avant moi!

Mon ami est fier, ça se voit. Et je suis très heureuse pour lui. Il consacre beaucoup de temps à tourner ses vidéos, il s'efforce d'être différent et unique dans ses danses et ses maquillages. Hier, il a justement publié une vidéo de lui en sens inverse. Quand ça commence, il a le visage tout barbouillé et chaque fois qu'il passe l'éponge sur son visage, le maquillage apparaît de plus en plus clairement. Le tout en accéléré, c'était vraiment cool. Il mérite sa gloire!

— Hé Émile, on fait un pacte, d'accord?

— Quel genre de pacte?

— Le premier de nous deux qui devient célèbre aide l'autre à percer.

Émile sourit à pleines dents.

— Parfait! Je t'aiderai!

Il rigole.

Ma vie à Québec me manque. Même si mes nouveaux amis ici sont gentils, là-bas, c'est différent. C'est plus relax... plus naturel.

CHAPITRE 13

Je suis couchée dans la chambre verte. Il est 2h du matin et je n'arrive toujours pas à dormir. Je pense à la rentrée scolaire, à mon groupe de musique, à comment je vais faire pour avoir l'air d'un garçon à chaque répétition, et je pense aussi au nom que je pourrais donner à mon futur chat.

Bref, beaucoup trop de sujets de réflexion pour dormir.

Je me lève pour aller boire un peu d'eau quand soudain, dans le silence de la nuit, à travers le bruit du vent qui balaie la maison, je perçois un son, ou plutôt des pleurs. Encore ce foutu bébé qui hurle dans la nuit!

Si j'avais assez de courage, je sortirais et je suivrais les gémissements, pour enfin savoir d'où ils viennent. Mais je ne serais jamais capable de marcher seule dans un cimetière la nuit. Si Émile était là, je l'inviterais à dormir ici et on le ferait ensemble.

Je prends mon courage à deux mains pour au moins jeter un œil à la fenêtre de la cuisine. J'ai toujours espoir de voir une lumière s'allumer chez un voisin et d'apercevoir une maman ou un papa qui berce son enfant.

J'observe en tendant l'oreille, quand tout à coup, sans le moindre doute, je vois une silhouette déambuler dans le cimetière. Je recule, le cœur agité. Il est 2h du matin! Personne ne se promène dans un cimetière en pleine nuit!

Cette fois, c'en est trop pour moi, je décide d'aller réveiller mon père! J'entre dans sa chambre sur la pointe des pieds, ce qui est un peu absurde puisque de toute façon, je m'apprête à le réveiller. Je pose ma main sur son épaule.

— Papa? Papa?

Mon père ouvre les yeux en grognant.

— Charlie? Qu'est-ce qui se passe?

— J'ai peur, j'entends un bébé pleurer dans le cimetière et j'ai vu quelqu'un dehors.

Mon père se frotte les yeux.

— Il est quelle heure, là?

— 2h.

— 2h! Charlie, je travaille demain!

— Je sais, mais j'ai vraiment peur.

Mon père soupire et s'assied dans son lit.

— OK, je vais aller voir ça.

Soulagée que papa accepte de jeter un œil à la source de ma frayeur, je le conduis dans mon bureau pour qu'il puisse s'approcher de la fenêtre et écouter les pleurs.

Mon père pousse le rideau et regarde dehors quelques secondes avant de soupirer:

— Il n'y a rien, Charlie. Je ne vois rien et je n'entends rien.

Ça me semble impossible que tout se soit arrêté d'un seul coup. Je m'empresse de vérifier par moi-même. Il a raison, c'est le calme plat. Plus de pleurs et personne dans le cimetière.

— Je te jure, papa, que j'ai entendu un bébé pleurer et que j'ai vu quelqu'un marcher dans le cimetière.

— Il est tard, Charlie, va te coucher. On est aux Îles-de-la-Madeleine, t'as rien à craindre.

Mon père retourne se coucher en me laissant seule avec mon angoisse. Je passe le reste de la nuit entre l'éveil et les cauchemars.

C'est la pluie qui résonne sur le toit de la maison qui me tire de mon sommeil ce matin. Papa est parti travailler, j'en profite pour paresser dans mon lit. J'empoigne mon téléphone pour regarder les *stories* de mes amis. QUOI? Je n'y crois pas! Caravane annonce qu'il sera en spectacle aux Îles-de-la-Madeleine dans une semaine!!! Pourquoi je n'ai pas vu ça plus tôt? J'espère qu'il reste des billets! Malheureusement, pour l'achat en ligne, je dois avoir accès à une carte de crédit. Je regarde l'heure, il est 9h, donc une heure de moins à Québec, ce qui signifie que ma mère n'est pas encore partie au travail. Je m'empresse de lui lâcher un coup de fil.

Maman connaît mon amour pour le groupe et elle accepte de m'acheter mon billet sans que j'aie besoin de la convaincre. Voilà qui met du soleil dans cette journée orageuse. J'en profite aussi pour discuter un peu avec elle. Même si je lui donne des nouvelles souvent, chaque fois que je lui parle, je trouve toujours du nouveau à lui raconter.

Une fois mon appel terminé, Jeanne me texte pour me proposer de passer la journée avec elle. Je l'invite à venir à la maison.

Je suis en train de regarder la télé quand elle frappe deux fois et ouvre la porte en lançant:

— Salut!

Je suis étonnée et charmée par sa familiarité. Émile est la seule personne que je connais qui entre chez moi sans frapper. Si je pouvais devenir aussi proche de Jeanne que je le suis de mon meilleur ami, mon année ici serait sans aucun doute améliorée.

Quand je propose à Jeanne de lui faire visiter la maison, elle pouffe de rire.

— Pas besoin, je la connais par cœur!

— Comment ça?

— Quand j'étais plus jeune, Richard louait la maison chaque été à une famille de Laval. J'étais très amie avec la fille, Marguerite. Elle avait la chambre verte en haut.

— Moi aussi!

— Cool! Viens, je vais te montrer quelque chose!

Jeanne attrape ma main et me conduit dans ma chambre. Elle ouvre la garde-robe, y entre et m'invite à venir avec elle.

L'espace est petit, je me colle contre Jeanne en rigolant.

— Qu'est-ce qu'on fait?

— Attends, regarde.

Mon amie prend son téléphone et allume la lumière pour éclairer l'intérieur. Le petit coin noir s'éclaire et j'aperçois «Marguerite et Jeanne BFF 4ever».

— Honnnnn, c'est trop mignon!

Jeanne glousse.

— Avoue, hein!?

Nous sortons de notre cachette.

— Heureusement que mon père n'est pas là! S'il nous voyait sortir d'ici, il trouverait ça louche.

Jeanne éclate de rire.

— J'avoue que ça fait bizarre... Mais on n'a rien à cacher, non?

— À part des vêtements sales, non! Ha! Ha!

Ensemble, nous écoutons de la musique, principalement des musiciens qui sont populaires ici et dont Les Voyous m'ont parlé.

Selon moi, c'est en écoutant les artistes favoris des gens qu'on arrive à les connaître. Étonnamment, on dirait qu'ici, la country est à la mode. Je ne sais pas quoi en penser. J'avais toujours associé ce genre musical aux personnes plus âgées, mais aux Îles, même les jeunes que j'ai rencontrés aiment ça!

— Est-ce que tu me montres ta batterie?

— Ouf! T'es certaine?

— Oui, pourquoi?

— Parce que si je t'emmène dans le garage et que je m'assieds derrière ma batterie, je ne voudrai plus m'en aller après.

Jeanne sourit.

— J'adore les personnes passionnées!

— Et toi, qu'est-ce qui te passionne?

— Bonne question! J'aime la planche à voile et la natation.

— T'es sportive!

— Pas toi?

— Bof, ce n'est pas ma force!

Jeanne se lève en me tirant par le bras.

— Viens me montrer ta force!

Je la suis, amusée.

Une fois assise derrière mon instrument, je suggère à Jeanne de se boucher les oreilles si elle trouve que le son est trop fort et je m'exécute.

Mon amie me regarde, souriante. Elle a réellement l'air d'aimer ce que je fais! Après ma performance, je lui tends mes baguettes.

— Tu veux essayer?

Confiante, Jeanne les prend et je lui cède ma place. Elle frappe les peaux avec maladresse, c'est mignon. Je lui montre comment placer ses mains et frapper avec son pied sur la pédale, puis elle tente un nouvel essai. Ce n'est pas mieux!

La pluie et l'humidité augmentent l'intensité de l'odeur de poisson séché dans le garage. Jeanne rigole.

— Le père de Richard était pêcheur!

— Ça commence à me donner mal au cœur, on dirait!

— J'ai un bon remède pour ça!

— C'est quoi?

Jeanne ouvre la porte du garage et crie, en s'élançant dehors:

— Danser sous la pluie!

Mon amie tournoie dans le gazon en rigolant. Je cours la rejoindre. La pluie est glacée, c'est à la fois drôle et euphorisant. J'ai à peine le temps de rire un bon coup que je me mets à grelotter. Jeanne m'enlace en me conseillant de rentrer.

Une fois à l'intérieur, je vais chercher des serviettes pour nous sécher. Même avec les lèvres bleues, Jeanne sourit encore. Comment fait-elle pour être jolie tout en étant trempée? Moi, j'ai l'air d'un chien mouillé et elle d'une top-modèle en *shooting* photo.

— Émile adorerait ton visage, c'est certain! Il adore faire des maquillages et tu es le genre de modèle qu'il aime.

— Émile? C'est ton petit ami?

— Ha! Ha! Non, c'est mon meilleur ami, je n'ai pas de copain.

— Ah, OK. Je ne pense pas être assez belle pour être modèle.

— T'es folle, je te trouve canon!

Jeanne rougit.

— T'exagères!

— Euh... non, t'es vraiment belle, Jeanne. J'espère que t'en doutes pas, sinon c'est vexant pour les personnes normales comme moi.

— Voyons! T'es pas juste normale!

Bien que flatteuse, cette conversation commence à me gêner et heureusement, elle est interrompue par mon père qui rentre du travail.

— Oh! Vous avez été surprises par la pluie, on dirait!

Jeanne et moi rigolons: ce n'est pas ce que j'appellerais se faire surprendre!

— Dépêche-toi de te changer, Charlie, on va aller chercher ton chat avant le dîner, parce que j'ai un appel à faire après. On peut aller te reconduire en même temps, Jeanne, à moins que tu veuilles affronter à nouveau la pluie.

— Non merci! J'accepte la proposition!

Nous ramenons mon amie chez elle et mon père me raconte ensuite sa première journée à la pharmacie. Il m'explique que ce n'est pas facile pour une personne de l'extérieur de venir travailler en région car les «locaux» la jugent. Ils préfèrent que les emplois soient occupés par des gens de l'endroit. Je peux les comprendre, mais d'un autre côté, il n'y avait aucun pharmacien disponible pour le poste que mon père a décroché, alors je ne vois pas où est le problème.

L'homme qui a des chats à donner habite dans une petite maison bleue aux volets blancs à quelques minutes de voiture. Je ne comprends pas pourquoi les maisons à Québec ne sont pas aussi colorées. Il me semble que c'est beaucoup plus joli avec de la couleur. Les adultes de chez nous sont trop ternes!

Une fois arrivés, un monsieur à la grosse moustache nous ouvre et nous conduit dans son sous-sol, où des petits chats courent partout. Je ne les vois pas tous encore, mais je peux les entendre et déjà, mon cœur fond. Je m'accroupis et ils viennent tous vers moi. Ils sont trop mignons!!!!

Il y en a deux tout gris, deux noirs, un noir et blanc, un noir et gris. J'attrape le petit noir et blanc, il est tellement doux!

— Est-ce que je peux choisir celui que je veux?

Mon père sourit, il sait qu'il est en train de réaliser un de mes rêves.

— Oui, oui, celui que tu veux.

Jean-Claude, le propriétaire, nous informe que celui que je tiens entre les mains est un mâle. Je le caresse, je frotte mon nez dans son pelage et je le redépose avant d'en prendre un autre.

— Et celui-là?

— Le petit gris et blanc, c'est une femelle.

— Qu'est-ce qui est mieux? Un mâle ou une femelle?

— Bah, une femelle va avoir des chaleurs et attirer les matous chez vous, tandis qu'un mâle va avoir tendance à se promener et à se battre.

Mon père prend la parole.

— Choisis un mâle, Charlie. Je n'ai pas envie que tous les chats des Îles se rassemblent chez nous.

Jean-Claude ajoute:

— D'une façon ou d'une autre, je vous conseille de le faire opérer. Sinon, vous risquez d'avoir des problèmes.

Je regarde les chatons. Le noir et blanc est celui qui m'a attirée dès que je suis arrivée. Je pense que le premier choix est toujours le meilleur, c'est pourquoi c'est lui que je décide d'adopter.

— Je veux celui-là!

Mon père le regarde.

— C'est un bon choix.

Le chaton miaule et tente de mordiller mon nez. Je l'a-d-o-r-e!

Nous remercions Jean-Claude et nous retournons dans la voiture. Avant de rentrer à la maison, nous passons par l'animalerie, histoire d'acheter une litière et de la nourriture.

— Est-ce que tu sais comment tu vas l'appeler?

— J'hésite entre Sabian et Zildjian.

Mon père sourit et hoche la tête.

— Évidemment.

Ce sont deux marques de cymbales. Sur ma première batterie, j'avais des Sabian, mais aujourd'hui, je joue avec des Zildjian.

— Si tu veux mon avis, je pense que Sabian est plus facile à prononcer que Zildjian.

— Oui, c'est sûr!

— À moins que tu l'appelles Maracas?

Je regarde mon père de travers, il éclate de rire. Je fixe mon petit chat qui dort sur mes genoux et j'avoue:

— C'est pas une si mauvaise idée, je trouve! C'est mignon, Maracas!

Mon père est fier de son coup, il vient de trouver le nom de mon chaton: Maracas Paradis-Mendez!

CHAPITRE 14

Aujourd'hui, c'est notre dernière répétition avant le retour à l'école. Nous avons décidé, les garçons et moi, que nous allions nous rencontrer tous les vendredis soir pour jouer ensemble. Ce n'est finalement pas si compliqué de rester dans mon rôle de garçon. Ma génétique m'aide énormément, je n'ai pas besoin de déployer beaucoup d'efforts pour être crédible. Je commence même à trouver ça plutôt amusant!

— Hé, Charlie, as-tu réfléchi à l'idée de rencontrer ma sœur?

— Oui, mais je ne suis vraiment pas intéressé.

P.-O. vient s'asseoir sur le divan du garage avec moi.

— C'est quoi ton genre de fille? Peut-être qu'on pourrait te trouver une copine.

— C'est quoi cette obsession de vouloir me trouver une copine?

Jimmy éclate de rire.

— Parce qu'une copine, c'est cool!

Jacob ajoute:

— Les filles, c'est la vie, *man*!

P.-O. poursuit:

— En plus, un musicien, ça attire un max, faut que t'en profites!

Je sens que les gars ne me lâcheront pas avec cette idée de copine et je dois vite y mettre un terme. Je n'ai pas envie de me faire parler de filles à chaque répétition et je n'ai surtout pas envie que les garçons essaient de me mettre en couple avec leur sœur ou leur cousine ou je ne sais pas trop qui. C'est pourquoi je décide de mentir.

— Vous n'avez pas besoin de me trouver une copine, les gars, je fréquente déjà quelqu'un.

P.-O. rigole.

— Ah oui? T'as pas perdu de temps. Est-ce qu'on la connaît?

— Non, c'est une fille du Cap-aux-Meules, elle s'appelle Jeanne.

Je ne sais pas ce qui m'a pris de dire que je fréquentais Jeanne, c'est stupide! J'aurais dû inventer un nom, mais c'est la première idée qui m'est passée par la tête.

Après la répétition, les garçons m'invitent à une fête organisée par Thomas, le cousin de P.-O., sur le bateau de son père demain après-midi. Une fête sur un bateau? Je n'ai jamais vu ça! Bien entendu, j'accepte, je suis curieuse de voir à quoi peut ressembler ce genre de fête. Ils m'informent que je peux inviter ma copine. Je leur fais croire que je le lui demanderai, mais ce n'est évidemment pas dans mes plans.

Mon père vient finalement me chercher et nous rentrons à la maison.

— Alors? Comment les garçons ont réagi quand tu leur as avoué que t'étais une fille?

— Je n'ai pas eu le temps de le dire.

Mon père me fait de gros yeux.

— Je vais le faire demain, on va à une fête ensemble, ça sera le moment parfait.

— Plus tu attends, plus ce sera difficile de révéler la vérité.

— Je sais! Je viens de dire que je vais tout avouer demain.

Je me sens mal de mentir à mon père. Je n'ai absolument pas l'intention de tout avouer demain ni même jamais. Mais je sais que si je lui confie mes intentions, il ne les comprendra pas et surtout, il ne les approuvera pas.

★★★

À notre arrivée au quai, j'entends déjà la musique et les rires qui résonnent dans la marina. Je suis nerveuse, ou plutôt nerveux! Nous marchons jusqu'à l'embarcation animée. P.-O. me présente d'abord son cousin Thomas, un garçon un peu plus vieux, mais tout aussi grand et élancé que lui, puis les autres personnes présentes.

— Lui, c'est Malik, notre autre cousin, et ces deux-là, c'est Alex et Édouard. Les gars, voici Charlie, le nouveau batteur des Voyous.

Les amis me saluent et Malik s'exclame:

— C'est cool que vous ayez trouvé un autre batteur, on va pouvoir recommencer à faire des soirées entre groupes dans le garage!

Jacob répond fièrement:

— C'est sûr, *man*!

Puis, il s'adresse à moi:

— Tu vas voir, Charlie, les soirées comme ça, ça déménage. Presque autant que les fêtes de bateau de Thomas!

Sur ces mots, Thomas monte le son de la musique et Jacob, Jimmy et moi sautons à bord pendant que P.-O. défait le cordage sur le quai.

Je ne comprends pas ce qui se passe.

— On s'en va où?

P.-O. éclate de rire.

— Tu ne pensais quand même pas qu'on allait faire la fête dans la marina! On va dans la baie, d'autres bateaux viendront nous rejoindre.

— Ah oui? Cool.

Jacob précise, le sourire en coin:

— Avec nos filles...!!

La façon dont Jacob parle des filles m'agace légèrement, je le trouve un peu trop macho. Je tente d'avoir l'air naturelle, mais l'idée de partir au large faire la fête m'angoisse légèrement. Je n'ai encore jamais mis les pieds sur un bateau de pêche et encore moins fait la fête en mer.

Thomas démarre le moteur et nous sortons tranquillement de la marina. Une fois que nous sommes assez loin, le cousin de P.-O. met les gaz sans que j'aie le temps de m'agripper et je me retrouve les fesses à terre! Je n'avais pas anticipé le coup que l'accélération donnerait. Je m'empresse de me relever en me tenant au bord mais il est trop tard, tout le monde m'a vue. Les garçons se tordent de rire, je rougis, j'ai l'air ridicule.

Malik crie par-dessus le bruit du moteur:

— Est-ce que c'est la première fois que t'embarques sur un bateau de pêche, Charlie?

J'essuie mon visage trempé de gouttelettes salées et je réponds, gênée:

— Ouais, ça se voit?

Les garçons se moquent encore de moi, et je ris avec eux, mais c'est pour dissimuler mon malaise. Nous filons sur la mer durant quelques minutes jusqu'à ce que Jacob coupe les moteurs dans une petite baie, devant la plage.

Une fois que le bateau est ancré, un des deux autres garçons, Alex ou Édouard, m'informe:

— Quand les autres arriveront, on attachera les bateaux ensemble.

— C'est vraiment cool.

Les garçons parlent de tout et de rien, mais surtout de choses et de gens que je ne connais pas. Je suis discrète, j'écoute sans trop m'imposer, principalement par crainte de ne pas être crédible dans mon rôle de garçon et aussi parce que je me sens assez étrangère à la discussion. Le mouvement berçant du bateau me donne légèrement la nausée. J'espère que ça ne sera pas comme ça tout l'après-midi.

Soudain, Jacob se lève, retire son t-shirt et baisse son pantalon en s'exclamant:

— Qui vient faire un bain de fesses avant que les autres arrivent?

Un bain de fesses? Thomas m'explique:

— C'est une tradition de cousins qu'on a transmise à nos amis! Rien de mieux qu'un bain de fesses pour se mettre dedans!

Je ne suis pas certaine de comprendre l'allusion, mais rapidement, les garçons me montrent de quoi il est question. Jacob retire son caleçon et se retrouve flambant nu à deux mètres de moi. Je m'empresse de détourner le regard, mais je tombe sur les fesses de Jimmy, qui vient de se déshabiller lui aussi, à trente centimètres de mon visage. Je baisse la tête, pas question que mon regard croise les fesses de P.-O. ou celles d'un autre des garçons au passage! Ce dernier me demande:

— Tu viens, Charlie?

Me mettre nue devant six garçons est de loin la dernière chose que je veux faire dans ma vie!

— Bof! Non, j'ai trop froid.

— Allez, viens! Tu vas voir que l'eau est bonne.

J'essaie de fixer les garçons dans les yeux et de ne pas zieuter plus bas, mais ma gêne est évidente. Je ne sais plus où regarder ni comment agir.

— Allez-y, je vais surveiller le bateau.

Les garçons froncent les sourcils. Ma justification est stupide, le bateau ne se sauvera pas pendant qu'ils sont dans l'eau. Heureusement, ils n'insistent pas plus, ils se tournent et sautent tous en même temps dans la mer en hurlant. D'où je suis, je vois une bande de paires de petites fesses blanches bondir dans les airs. J'ai envie de hurler de rire. Je ne peux pas croire que mes amis viennent de se mettre nus devant moi! Quand je vais raconter ça à Émile, il va se tordre lui aussi.

Je reste assise dans le bateau à me marrer toute seule pendant que j'entends les garçons s'amuser dans la mer. Je soupire, c'est nul d'être une fille-garçon! Rapidement, mon léger mal de cœur causé par le mouvement du bateau se transforme en véritables nausées. À un point tel que je dois me concentrer pour ne pas vomir. Accoudée sur mes genoux, je fixe le sol, cherchant à tout prix à ne pas dégobiller partout.

Une voix dans la mer m'appelle. Ce n'est pas une sirène, c'est Jimmy:

— Charlie, t'es sûr que tu ne veux pas venir, *man*? Tu manques quelque chose!

Je me lève et je m'avance vers la proue pour lui répondre, mais dès que j'ouvre la bouche, ce ne sont pas des mots qui sortent, mais le contenu de mon estomac en un seul jet.

Au même moment, une personne crie:

— BEURK! Qu'est-ce que je viens de recevoir sur la tête?

— C'est Charlie, il a gerbé!

Je ne sais pas sur qui j'ai vomi, j'ai chaud, j'ai honte, j'ai mal au cœur, JE VEUX RENTRER!

J'entends crier et rire dans l'eau pendant que je me couche sur le côté, malade. Je comprends maintenant ce que l'expression «avoir le mal de mer» signifie, j'ai maaaaaaaal!

Les garçons remontent sur le bateau. Par chance, Malik, sur qui j'ai dégobillé, ne semble pas trop m'en vouloir. Ils restent tous gentils avec moi, mais ne se gênent pas pour se payer ma tête. Je les comprends, je ferais pareil. Ils sont unanimes, je suis une petite nature. Il n'y a même pas de vagues!

Je voudrais être forte et me tenir debout, je souhaiterais être comme un vrai Madelinot, mais je n'en ai pas la force. Je me retiens pour ne pas pleurer, et je texte mon père pour qu'il vienne me chercher au quai. Dès que nous serons arrivés à la marina, je jure de disparaître à jamais. Je ne veux plus revoir Malik de ma vie, j'ai la honte. Je viens carrément de lui vomir sur la tête, jamais je n'aurais pensé que ce genre de truc m'arriverait un jour. Thomas propose aux garçons de rester sur la plage pour attendre les autres qui arrivent pendant qu'il me ramène à la marina. Nous quittons la baie alors que deux autres bateaux approchent. Heureusement, je ne me suis pas donnée en spectacle devant ces nouvelles personnes qui arrivent!

Je passe le reste de mon samedi avachie dans le divan. Mes nausées ont disparu, mais mon «mal à l'orgueil» reste!

CHAPITRE 15

La vie avec un chat est tellement plus belle! Je suis pour le moment couchée dans mon lit, et Maracas s'amuse à tenter d'attraper mes doigts. Il est trop mignon.

Je me suis presque entièrement remise de ma journée d'hier sur le bateau de Thomas. Je suis même arrivée à en rire un petit peu aujourd'hui avec Maxyme et Ève en appel vidéo. Surtout quand j'ai raconté le moment où tout le monde s'est mis nu devant moi, pour être plus précise! Les garçons m'ont assuré qu'ils ne m'en veulent pas. Il semblerait que ce n'est pas rare qu'une personne de l'extérieur ait le mal de mer sur un bateau de pêche. Par contre, je crois bien qu'ils me parleront encore longtemps de la douche dégoûtante de Malik!

Papa dit que ce n'est pas grave, qu'au contraire, c'est avec ce genre d'anecdotes qu'on peut s'intégrer rapidement à un groupe. Je ne suis pas de son avis, il n'est écrit nulle part que vomir sur une personne fait d'elle un ami!

Enfin, ce qui est fait est fait, je dois penser à autre chose, comme à la rentrée demain! Je ne connais rien de ma nouvelle école! Je suis passée devant quelques fois depuis que nous avons déménagé et je la trouve immense. Jeanne m'a expliqué que c'est parce qu'il y a aussi le cégep et une école pour adultes dans les mêmes bâtiments. Ça devait me rassurer, mais ça a eu l'effet contraire.

Ça veut dire que je vais peut-être croiser des cégépiens en allant à l'école. Déjà que les secondaires cinq se pensent meilleurs que tout le monde, je n'ose pas imaginer comment agiront ceux qui vont au cégep!

Mon téléphone sonne: c'est Jeanne qui me demande de faire un appel vidéo. Je réponds. Alice et elle sont devant la caméra.

— Salut Charlie!!!

— Salut!

Jeanne me demande:

— Alors? Pas trop stressée pour demain?

— Beaucoup, si!

— Ha! Ha! T'en fais pas, ça va bien aller, je vais rester avec toi.

Alice poursuit:

— Tu vas juste récupérer ton horaire et tes livres, ça va être relax.

— J'ai peur d'être la nouvelle qui attire tous les regards.

Les deux filles rigolent, complices, et Jeanne m'avoue qu'il y a des chances que ça arrive.

— Oui, c'est sûr que tu vas te faire remarquer, mais ce n'est pas grave, tout le monde sera gentil avec toi.

— Vous êtes certaines?

Alice ajoute:

— C'est sûr qu'il y en a qui vont dire des palabres, mais faut pas s'en occuper, d'eux!

— Des quoi?

Jeanne répète ce que sa sœur vient de me dire.

— Des palabres.

— Ça veut dire quoi, ça?

— Genre des rumeurs.

— Ah! OK...

Jeanne s'explique:

— Alice a raison. Une nouvelle dans l'école, ça va faire jaser. Il y a sûrement des petits cons qui vont dire n'importe quoi à ton sujet et évaluer comment tu es.

— Comment je suis?

— Je veux dire ton look qui est différent, ton accent, tes origines et tout, quoi.

— Quoi? Je n'ai même pas d'accent! C'est vous qui en avez un. Et je n'ai même pas de look, mon meilleur ami me le répète toujours!

Alice glousse et m'informe:

— À Québec peut-être, mais ici, t'es spéciale, Charlie! Je n'ai jamais eu d'amie mexicaine, moi.

Jeanne s'empresse de préciser:

— Moi, je ne te trouve pas différente! Mais je sais que d'autres vont le penser. Tu portes des t-shirts de groupes qu'on ne connaît pas, ta veste en cuir est... différente! T'as un nom de famille... différent. Ton accent est... diffé...

— OK, je suis différente, j'ai compris!

Les deux filles éclatent de rire. À bien y penser, elles ont raison. Alice poursuit:

— On voulait être honnêtes avec toi pour ne pas que ça te surprenne. Tu sais, ici comme partout, la nouveauté fait toujours jaser, mais tout le monde est super gentil dans l'école.

— OK. Je dois avouer que j'étais quand même stressée, mais là, je crois que c'est encore pire!

Jeanne a l'air désolée.

— Mais t'inquiète pas, on sera avec toi.

— Merci les filles, pour de vrai, ça me rassure!

Je termine mon appel avec elles et je me prépare à dormir. J'essaie de me coucher de bonne heure, mais il doit être au moins 11h30 quand je trouve enfin le sommeil. Je suis vraiment trop stressée par cette histoire de rentrée.

C'est un ronronnement qui me réveille au petit matin. Maracas se frotte sur mon visage. Les yeux encore fermés, je tente de le caresser, mais quelque chose de petit et poilu me reste dans la main. Dégoûtée, et convaincue que je viens d'arracher la queue de mon chat, j'ouvre les yeux en panique. J'aperçois quelque chose d'encore plus dégoûtant qu'une queue: une souris morte!

BEURKKKK!!!!! Je laisse tomber l'animal en criant. AAAAAAAHHH!!!!

Quelques secondes plus tard, mon père apparaît dans ma chambre, alerté et inquiet.

— Qu'est-ce qui se passe?

Je pointe la petite bête sans vie en criant:

— Il y avait ça dans mon lit!!! Je pense que c'est Maracas qui l'a apportée.

Mon père s'approche et saisit la souris par la queue. Beurk! Je ne sais pas comment il fait pour toucher à ça.

— Wow! Si jeune et déjà un bon chasseur!

Je regarde mon père, les yeux ronds. Il a l'air satisfait... Soudain, comme si nous étions à la fin d'un film à suspense, tout devient clair pour moi! Papa n'a jamais voulu me faire plaisir en achetant un chat, il l'a fait pour chasser les souris dans la maison.

— Tu te fous de moi, là? Tu savais que Maracas allait chasser les souris!? Ne me dis pas qu'il va être un assassin de rongeurs, c'est trop dégueulasse et vraiment cruel!

— C'est la loi de la nature, Charlie.

Je hausse le ton.

— Non, c'est dégoûtant!

— Tu n'as qu'à laisser le chat en bas et à fermer ta porte de chambre la nuit.

— C'est stupide! Ce qui est bien avec un chat, c'est de pouvoir dormir avec lui, pas de le faire chasser la nuit.

— Écoute Charlie, tu voulais un chat et tu en as un, je ne vois pas où est le problème.

— Je voulais un chat, pas un chasseur meurtrier en série!

— T'exagères, là. Un chat, c'est un chat.

— Tu m'as menti! Tu ne voulais pas de chat, tu voulais juste te débarrasser des souris!

— Voyons Charlie, ne réagis pas comme ça!

Je suis très énervée et mon père me tape sur les nerfs plus que jamais. Il s'est moqué de moi! Je suis tellement en colère que j'aurais envie de lui balancer la tasse de café qu'il tient au visage. Je me lève brusquement de mon lit pour m'enfermer dans la salle de bain. Cette journée a bien mal commencé. Comme si j'avais besoin de ça ce matin!

Je suis en train de me nettoyer le visage quand mon père frappe à la porte.

— Charlie, je m'excuse. Je sais que c'est une grosse journée pour toi. J'aurais dû te parler de mes plans avec le chat. Si ça peut te rassurer, Richard a installé des produits pour se débarrasser des souris et bientôt, Maracas n'en aura plus aucune à chasser.

Les paroles de mon père me calment, mais je reste contrariée. Il aurait dû m'en parler. Je lui lance:

— Laisse-moi tranquille!

J'entends mon père descendre l'escalier et quelques secondes plus tard, Maracas miaule à la porte. Je lui ouvre, je le prends dans mes bras.

— Je te pardonne, bébé, c'est dans ta nature, ce n'est pas de ta faute. Mais ne le refais plus jamais, compris?

Je me prépare en silence. J'adresse la parole à mon père seulement pour lui demander à quelle heure nous partons pour l'école.

— Quand t'es prête, je suis prêt.

Je complète ma routine matinale et j'informe papa qu'on peut y aller. Je monte dans la voiture plus nerveuse que jamais. Dans quelques minutes, je vais devoir entrer dans ma nouvelle école. Je me sens comme un nettoyeur de litière pour lions à sa première journée de travail au zoo. (Je sais que les lions ne font pas leurs besoins dans une litière, mais c'est quand même comme ça que je me sens. Peut-être même un peu plus nerveuse encore, disons comme le dentiste d'un lion!)

Dans la voiture, je sors un petit papier de ma poche en espérant que la note de Maxyme m'aide à affronter cette journée.

«Tu es et tu seras toujours la meilleure au tic-tac-toe!»

CHAPITRE 16

Me voilà au point de non-retour. Mon père vient de me déposer devant l'école. Je cherche les sœurs Painchaud sur le terrain à travers tous les autres élèves, mais je ne les vois pas. J'espère qu'elles ne m'ont pas oubliée. Je regarde mon téléphone, mais je n'ai pas reçu d'appel ni de message. Pourquoi ne sont-elles pas au rendez-vous?

Soudainement, j'entends la voix de Jeanne derrière moi, comme un ange descendu du ciel.

— Charlie!

Ouf! Je n'ai pas été abandonnée!

Ouf! Je ne vais pas entrer comme une vieille dinde de Noël toute seule dans l'école.

Ouf! Je ne vais pas avoir l'air de la nouvelle qui ne connaît personne et qui n'a pas d'amie!

Ouf! Ouf! Ouf! Et ouf!

Je me retourne pour voir Jeanne et Alice qui approchent. Jeanne m'attrape en dessous du bras et continue de marcher avec assurance.

— Alors? Tu es prête?

— Non!

Les deux filles éclatent de rire.

À première vue, les étudiants autour de moi ressemblent à ceux de mon ancienne école, sauf peut-être pour quelques détails vestimentaires. Jeanne et Alice saluent plein de gens et moi, je souris comme une autruche avec un dentier. Je suis certaine que j'ai l'air complètement ridicule.

Tout à coup, j'aperçois Les Voyous. Mais que font-ils ici? Je m'arrête net de marcher et je leur tourne le dos.

— Qu'est-ce que tu fais, Charlie?

Je demande, en serrant les dents d'inquiétude:

— Il y a combien d'écoles secondaires ici?

Jeanne me dévisage.

— Une, pourquoi?

— Juste pour savoir...

J'avale ma salive de travers, voilà un détail que j'ignorais! Ça veut dire que je fréquente la même école que Les Voyous... Oh! Merdouille, ça risque de compliquer les choses. C'est quoi cette idée de ne pas avoir une école par île? Il ne faut absolument pas que les garçons me voient.

J'accélère le pas et contrairement à il y a deux minutes, j'ai maintenant une envie urgente de pénétrer à l'intérieur de ma nouvelle école pour me cacher.

Une fois entrée, je suis les filles nerveusement. Elles me montrent où récupérer mon horaire, mon numéro de casier et toutes les autres choses synonymes de rentrée scolaire. Alice et Jeanne sont super enthousiastes à l'idée de me faire découvrir leur école, mais moi, je suis plus occupée à surveiller Les Voyous pour éviter de les croiser qu'à admirer la bibliothèque.

Soudainement, j'aperçois les membres du groupe tout près de nous. Je panique, je cherche une sortie de secours à gauche, à droite, puis je m'exclame:

— Hé les filles, vous ne m'avez pas fait visiter les toilettes!

Sans attendre leur réponse, je les tire avec moi dans les toilettes pour filles. En entrant, je fais semblant de m'intéresser au lieu.

— Aaah! C'est ici que vous faites pipi! Ça sent bon!

Alice et Jeanne me regardent, dégoûtées. Elles se demandent si je suis sérieuse. Je dois vite trouver quelque chose pour me sortir de là, sinon elles vont penser que je suis folle.

— Mais non! Je rigole! Je voulais juste aller aux toilettes.

Mes amies se tordent de rire et Jeanne avoue:

— Sérieux, je te trouvais vraiment trop bizarre!

Alice ajoute:

— Je me suis dit: «Wow! Cette fille a une obsession pour les toilettes, c'est dingue, il faut en faire un documentaire!»

Nous rions de bon cœur. J'entre dans une cabine et je m'assieds sur la cuvette. Je soupire. La vérité, c'est que je n'ai absolument pas envie d'uriner. Je reste là à attendre que le temps passe, et je me sens ridicule. Quand je sors enfin de ma cabine, je n'ai qu'une seule idée: quitter les lieux!

— On y va?

En poussant la porte extérieure, Alice et Jeanne m'invitent chez elles avec d'autres amis. Les sœurs Painchaud n'habitent pas très loin de l'école, ce qui nous permet de nous y rendre en marchant.

Maintenant que je sais que tous les jeunes des Îles-de-la-Madeleine fréquentent la même école secondaire, je dois être plus prudente pour dissimuler mes deux identités.

— Qui sera là?

— Des gens que tu connais, Zac, Éli, Sophia.

— OK! Cool!

Des gens que je connais déjà, c'est parfait, il ne peut pas y avoir de mauvaises surprises!

CHAPITRE 17

Les parents de Jeanne et Alice sont au travail, alors on a la maison juste pour nous! Et heureusement, Sophia me dévisage moins que la première fois.

Nous nous installons au sous-sol et pendant que les sœurs cherchent quelque chose à manger dans la cuisine avec les deux garçons, Sophia m'adresse la parole.

— Je m'excuse pour l'autre soir, je n'ai pas été très gentille. C'est juste que ce n'est pas la première fois que Jeanne ramène une personne de l'extérieur et ça n'a pas toujours été positif.

— Comment ça?

Sophia hausse les épaules:

— Bof, c'est du passé.

J'aimerais la questionner pour comprendre ce qu'elle entend par «ça n'a pas toujours été positif», mais je suis interrompue par le reste de la bande qui revient. Zachary, qui tient un sachet de pain et un pot de beurre de cacahuètes, lance:

— C'est tout ce qu'on a trouvé, les parents Painchaud sont beaucoup trop bios!

Tout le monde se jette sur la collation. Éli me demande:

— Alors Charlie? Comment t'as trouvé notre école?

— Elle est belle!

Jeanne, la bouche pleine, s'exclame:

— Surtout les toilettes, hein Charlie?

Nous éclatons d'un rire complice.

Pendant notre discussion, je remarque que Zachary me fixe souvent. Plus je le regarde, plus je trouve qu'il a des airs de l'acteur Antoine Olivier Pilon, mais en plus beau, je dirais. Même si je ne me cherche pas activement d'amoureux, je dois avouer que Zac est le plus mignon du groupe. D'ailleurs, je me demande pourquoi il ne sort pas avec Jeanne, elle est tellement belle, ils formeraient un petit couple parfait!

Nous discutons un peu de tout et de rien et je me décide à demander:

— Connaissez-vous le groupe de musique Les Voyous?

Zac répond:

— Les gars du Havre?

— Hum, je pense que oui.

Sophia poursuit:

— Oui, on les connaît, pourquoi?

— Vous les connaissez, genre ce sont vos amis, ou vous les connaissez, genre vous savez qui ils sont?

Éli précise:

— On sait qui ils sont. Ils ont déjà joué à l'école, et la fille du groupe était quand même assez connue à cause de son cancer. On avait fait une campagne de financement pour elle. Mais ce ne sont pas nos amis.

Alice enchaîne:

— Pourquoi tu demandes ça? Tu les connais?

— Ah! Non! Non! J'ai vu une affiche qui disait qu'ils cherchaient un nouveau membre pour leur groupe et je me demandais juste qui ils étaient.

Je m'empresse de changer de sujet avant de mettre les pieds dans les plats ou d'attirer trop l'attention sur la question.

— Hé! Croyez-vous aux fantômes, vous?

Les yeux de Jeanne s'allument, comme si je venais de dire que j'avais trois kilos de bonbons pour elle dans mon sac à dos.

— Non seulement j'y crois, mais en plus, j'adore les histoires de fantômes! En as-tu une bonne à nous raconter?

Alice soupire.

— Ça y est, je vais encore faire des cauchemars, je le sens!

— Oui, je pense que j'en ai une bonne! En fait, ça se passe chez moi...

Tous sursautent. Alice tremble déjà de peur.

— Ne me dis pas que la maison de Richard est hantée en plus d'être en face du cimetière!

— Non, non, la maison n'est pas hantée, enfin, j'espère! C'est justement le cimetière, le problème.

Zac, qui était jusqu'à maintenant bien assis sur le divan, se redresse et appuie ses coudes sur ses genoux.

— Qu'est-ce qu'il a, le cimetière?

— C'est vraiment bizarre. La nuit, j'entends un bébé qui pleure et l'autre fois, j'ai vu une silhouette marcher entre les pierres tombales!

Zachary fronce les sourcils.

— Une silhouette de bébé?

Tout le monde éclate de rire. Je précise en souriant:

— Non, d'adulte.

Zac hausse les épaules.

— Quoi? C'était pas clair!

Alice, qui a déjà le teint blême, frissonne et se recroqueville sur elle-même. Jeanne est intriguée. Elle cherche à comprendre.

— T'es sûre que les pleurs viennent du cimetière et pas d'une maison plus loin?

— Je suis certaine, j'ai vraiment bien écouté.

Tous mes amis sont du même avis, mon histoire est complètement flippante. Jeanne et Zachary sont ceux qui semblent les plus intéressés par mon récit, Alice et Sophia ont plutôt peur et Éli ne semble tout simplement pas s'en soucier. Zac s'exclame:

— Faudrait aller voir s'il y a une pierre tombale de bébé.

Alice se lève.

— T'es malade! Je ne vais pas aller traîner dans le cimetière.

Elle regarde les autres et les invite à jouer au billard. Ils la suivent, sauf Zac et Jeanne qui restent avec moi.

— Si vous êtes partantes, les filles, je propose qu'on aille faire un petit tour dans le cimetière pour vérifier.

Jeanne n'a pas besoin de parler, on sait très bien qu'elle est assez motivée pour le faire. Les deux paires d'yeux de mes amis se tournent vers moi. Est-ce que je suis partante? En voilà une bonne question!

Est-ce que j'ai vraiment le choix? Parce que je sens une légère pression actuellement!

* * *

Voilà, c'est fait! J'ai cédé et j'ai accepté d'accompagner Jeanne et Zac au cimetière. Les autres sont restés avec Alice. Zachary a insisté pour me prendre sur son vélo, mais Jeanne ne l'a pas laissé gagner. Je préfère de loin avoir le contrôle du vélo plutôt que d'être assise derrière. Je vais devoir demander à mon père de m'en acheter un, il n'est pas question que je passe mon temps à me faire trimballer comme ça.

Ça nous prend quelques minutes avant d'arriver en face de chez moi.

Pour commencer, je fais sortir Maracas et je le présente à mes amis. Ils sont unanimes, mon chat est trop mignon. Après des dizaines de caresses, je le remets au chaud à l'intérieur.

Ensuite, on se dirige vers le portail blanc du cimetière.

— Qu'est-ce qu'on fait si on trouve la pierre tombale d'un bébé?

Spontanément, Jeanne propose:

— Cette nuit, quand tu l'entendras pleurer, tu pourras l'appeler par son nom et lui demander d'arrêter.

— T'es DINGUE! Je ne vais certainement pas commencer à parler au fantôme dans le cimetière.

Zac s'arrête de marcher.

— Moi je suis partant!

— Ouais eh bien, ce n'est pas toi qui habites ici, c'est moi. Déjà que les cimetières me font peur à la base, pas question que je joue à la gardienne de bébé fantôme.

— Tu n'as qu'à me texter, je viendrai.

— Quand ça?

— N'importe quand! Si le bébé pleure, tu me textes et j'arrive.

— Même en pleine nuit?

J'ai du mal à croire que Zachary va vraiment revenir ici, dans l'obscurité totale, pour parler à un bébé fantôme.

— Ma mère est infirmière de nuit à l'hôpital, je suis tout seul chez nous quand elle travaille.

— Oui, mais il y a école demain. Tu vas être fatigué.

— Oui! Franchement Zac, tu ne vas pas sortir de chez toi en pleine nuit! Si ta mère l'apprend, elle va sûrement être fâchée.

— Jeanne, t'es la première à faire des promenades nocturnes quand tes parents dorment. Et je suis insomniaque, de toute façon, ça ne changera rien. Je te le dis, Charlie, texte-moi la prochaine fois que tu l'entends pleurer.

Jeanne le rabroue une fois de plus.

— Avant de dire que tu vas venir ici, on va commencer par aller voir s'il y a bel et bien une tombe de bébé!

Zac la questionne:

— Et comment on fait pour savoir si c'est un bébé?

— Facile, tu regardes la date de naissance et celle du décès pour savoir quel âge la personne avait au moment de sa mort.

Elle a raison! Nous nous séparons, les trois à la recherche d'une pierre tombale de bambin. Pour ma part, je reste dans la rue. J'arrive très bien à voir les noms et les dates qui figurent sur les tombes de la première rangée et je me sens mieux ici. Après quelques minutes à zigzaguer entre les pierres tombales, Zac s'écrie:

— Je l'ai!

Je ressens un profond malaise. Je ne veux pas m'approcher, je refuse de voir le nom ou les dates de naissance et de mort de cet enfant. Cette idée était stupide! Je m'éloigne en vitesse.

— Charlie! Viens!

— Non! Je pars, j'ai changé d'avis.

Je presse le pas en direction de la maison sans me soucier de Jeanne ni de Zachary qui m'appellent. Mes amis finissent par venir me rejoindre à l'intérieur. Ils tentent de me rassurer.

— Hé Charlie, stresse pas avec ça, c'est juste des conneries!

— Zac et moi, on voulait juste rire, pas te faire peur! On s'excuse.

Je suis assise sur le divan, mon chat sur les genoux. Pour moi, tout ça n'a rien d'un jeu. C'est moi qui ai peur la nuit et du mal à dormir.

Jeanne s'assied à mes côtés pour caresser mon chat. Zac comprend mon malaise et tente de changer de sujet. Il empoigne les baguettes de ma batterie sur la table du salon et demande:

— Et si tu nous montrais ta batterie?

— Moi, je l'ai déjà vue.

— Elle peut me la montrer quand même.

Voilà un sujet qui m'intéresse!

— Oui! Dans le garage!

Mes amis me suivent dans mon «studio» et c'est avec fierté que je montre ma batterie à Zac, qui tente de faire un solo. Je ne peux pas dire qu'il m'impressionne. Mon ami insiste pour que je joue à mon tour. Je ne sais pas pourquoi, ça me gêne tout à coup. Je n'ai pas l'habitude d'être intimidée devant des spectateurs, mais Zac a cette façon de me regarder qui me donne un peu trop d'importance.

Je frappe quelques coups, puis Jeanne m'interrompt en m'informant qu'elle doit rentrer. Merci Jeanne!

Avant de ressortir, Zac s'arrête devant l'affiche sur le mur et s'étonne:

— Hé, je pense que ma mère a un album de ce groupe-là!

— Caravane? Ah oui? C'est mon groupe préféré, mais il n'y a pas beaucoup de personnes de mon âge qui connaissent ça.

Zac éclate de rire et précise:

— Ma mère n'a pas ton âge!

Je pouffe à mon tour, ce n'est pas ce que je voulais dire.

— Je vais les voir en spectacle vendredi! Est-ce que ta mère sera là?

— Je ne pense pas, elle travaille toujours le vendredi soir. Ils jouent du rock eux, il me semble?

— Exact!

— Et t'aimes le rock, toi?

— Évidemment.

Zac me regarde en souriant.

— T'es pas comme les autres, c'est clair.

Jeanne roule les yeux.

— Zachary Cyr! Tu parles comme si toutes les filles des Îles étaient pareilles et inintéressantes!

— Bah! T'es la seule fille intéressante, Jeanne, mais t'es ma cousine, c'est pas ma faute.

Voilà une information que j'ignorais. Zachary est parent avec les sœurs Painchaud. C'est une bonne raison pour qu'ils ne sortent pas ensemble, ces deux-là!

— Ah oui? Vous êtes cousins?

Jeanne me répond en poussant la porte du jardin.

— Oui. Mais même si ce n'était pas le cas, je ne sortirais jamais avec toi Zac, t'es un gars trop facile!

— Moi? Un gars facile? Va au diable, Jeanne, je ne suis pas un gars facile! J'ai dit non à trois filles cet été.

Jeanne croise les bras et demande:

— Et t'as dit oui à combien de filles?

Zac laisse échapper un sourire mi-gêné, mi-fier, et avant même qu'il ait eu le temps de répondre, mon amie ajoute:

— C'est ce que je disais!

Et elle s'éloigne. Zac rigole en me regardant:

— Je ne suis pas un gars facile, c'est juste que je cherche la bonne.

Jeanne crie, à l'autre bout du terrain:

— HA! HA! HA! C'est la meilleure, celle-là. Ne l'écoute pas, Charlie!

Jeanne prend son vélo qu'elle a déposé devant la maison et m'informe qu'elle part. Je la salue de loin. Avant de suivre sa cousine, Zac me confie:

— Texte-moi si jamais t'entends pleurer, je viendrai.

— T'es fou!

Zac s'éloigne, saisit son vélo et crie:

— Je te jure de le faire!

Il me lance un dernier regard avant d'être trop loin, et je peux lire sur ses lèvres: «Texte-moi.»

Je souris et je me retourne. Zac l'a dit: je ne suis pas comme les autres. Pas question que je tombe amoureuse de lui comme toutes les filles. Je suis très heureuse d'avoir eu cette information avant de tomber dans le panneau du macho.

Mon téléphone sonne à répétition, c'est Émile qui me texte.

Alors???

Émile

Je suis curieux!

Émile

Comment était ta première journée?

Émile

Ça a bien été, mais tu ne devineras jamais qui vient à mon école!

Charlie

?? Charlie D'Amelio?

Émile

Hein? Mais non! Les membres de mon groupe de musique. Moi, je pensais qu'ils fréquentaient une autre école, mais il n'y en a qu'une aux Îles!!

Charlie

SÉRIEUX? T'as fait quoi?

Émile

Ils ne m'ont pas vue. Mais je vais devoir faire attention dans les prochains jours et me trouver un plan pour mener ma double vie.

Charlie

C'est clair, ça risque d'être plus compliqué que prévu !

Émile

Et toi ? Ta rentrée ?

Charlie

Moi ? Je vis un rêve ! Tout le monde dans l'école sait que j'ai plus de 11 k abonnés à mon compte et il y a plein de filles qui sont venues me parler juste pour ça !

Émile

Quoi ? T'as attendu que je change d'école pour devenir super populaire ou quoi ?

Charlie

J'hallucine, Charlie ! Je vais peut-être devenir riche !

Émile

Une fois riche, je vais m'acheter un jet privé pour venir te voir tous les week-ends.

Émile

Ce serait trop cool !

Charlie

Non Charlie, il ne faut pas dire « ce serait trop cool », il faut dire « ce sera trop cool ».

Émile

Ha ! Ha ! Tu me manques tellement !

Charlie

Moi aussi !

Émile

Tellement.

Émile

CHAPITRE 18

Je suis dans mon lit. Maracas joue avec mes doigts et moi, je me prépare à dormir. Avant d'éteindre la lumière, je lis un des messages écrits par mes amis.

«Si c'est le matin, bonne journée, si c'est le soir, bonne nuit, Charlie!»

Je souris en pensant que ce cadeau est une excellente idée. Vu le nombre de messages, je devrais en avoir suffisamment pour l'année! Je suis interrompue dans mes pensées par un texto.

> Salut Charlie! Je voulais juste te redire que tu peux me texter cette nuit. Je n'habite pas loin de chez toi, derrière le magasin Le Pédalier.

Zac

Avoue que tu fais ça juste pour être le sauveur qui accourt dans la nuit.

Charlie

Ha ! Ha ! Il y a un peu de ça, mais aussi parce que je suis certain qu'il y a une explication logique aux pleurs. Je ne l'ai pas dit tout à l'heure pour ne pas décevoir Jeanne, mais je ne crois pas trop aux fantômes.

Zac

Ah non ?

Charlie

Je ne dis pas que ça n'existe pas, mais je pense que la plupart du temps, c'est un phénomène explicable.

Zac

Alors t'es un sceptique qui veut venir trouver la cause de mon problème ?

Charlie

C'est très bien dit, ça !

Zac

OK, si jamais j'entends pleurer cette nuit, je te texte.

Charlie

Super !

Zac

En passant...

Zac

Oui ?

Charlie

C'est pas vrai ce que ma cousine a dit sur moi, je ne suis pas un gars facile.

Zac

Ça tombe bien, moi, je suis une fille presque inaccessible !

Charlie

Ah oui ? Pourquoi ça ?

Zac

Parce que je ne suis pas comme les autres.

Charlie

Ça, je le savais déjà !

Zac

Charlie

Bon, je me couche... Peut-être à plus tard. 

Charlie

Zac

Je coupe la sonnerie de mon téléphone et je le dépose sur ma table de chevet. Il vibre aussitôt. Je le reprends en pensant que c'est encore Zachary, mais non, c'est P.-O. qui texte dans la conversation de groupe des Voyous.

Hé ! Charlie, t'étais où aujourd'hui ? On t'a cherché, mais on ne t'a pas trouvé.

P.-O.

Je prends quelques secondes pour réfléchir à la meilleure réponse avant d'écrire:

Salut ! Je me suis posé la même question, je vous ai cherchés, sans vous trouver.

Charlie

Ah oui ?

P.-O.

Si jamais tu veux trouver Jacob, tu peux chercher dans le coin de l'oasis, il était toujours là l'année passée !

Jimmy

Même pas vrai, j'y allais juste à cause de Jocelyne Babine !

Jacob

Ha ! Ha ! Je ne comprends rien de ce que vous dites, les gars ! C'est quoi, l'oasis ?

Charlie

Le local de retenue !

P.-O.

Aaah ! Idéalement, je préférerais ne pas avoir à y aller cette année.

Charlie

Jacob le connaît par cœur, ce local-là.

P.-O.

Et Jocelyne Babine, c'est qui ça ?

Charlie

La prof de maths que tu vas avoir cette année.

Jacob

Et c'est son vrai nom ?

Charlie

HA HA HA HA !!

P.-O.

😂

Jimmy

Ha ! Ha ! Mais non ! On l'appelle comme ça à cause de ses fausses lèvres pleines d'injections.

Jacob

Ah ! OK ! Ha ! Ha ! Je trouvais ça bizarre comme nom de famille, Babine.

Charlie

Bon, on essaie de se trouver demain ?

P.-O.

Oui ! Et si on ne se voit pas à l'école, on se verra à la répétition, c'est certain. 😉

Charlie

Je suis assez solitaire, c'est pour ça que je dis ça.

Charlie

Je te comprends. Ça m'arrive aussi de ne pas avoir envie de voir des gens.

Jacob

Je termine ma conversation avec les garçons et je branche mon téléphone. Je sais que demain sera une autre grosse journée, parce que je vais devoir aller en cours. Heureusement que les membres de mon groupe ne sont pas dans les mêmes classes que moi, ils ont tous les trois un an de plus. Il me suffira de les éviter durant les pauses.

Déjà, je sais que si je les croise alors que je suis seule, ce sera sans conséquence parce que je pourrai rester dans mon rôle de garçon. MAIS si je les rencontre alors que mes amis sont avec moi, ça risque d'être plus compliqué. Je dois absolument réfléchir à ce que je ferai si ça arrive, parce que la meilleure façon de bien réagir est d'être préparée à toute éventualité.

Entre deux scénarios, je finis par m'endormir.

Il est 2h du matin quand je suis tirée de mon sommeil par mon chat qui me marche sur le visage en miaulant. Je marmonne.

— Qu'est-ce que tu fais, Maracas! Arrête!

Je pousse mon minou et je me tourne sur le côté quand soudain, je l'entends! Le bébé! J'attrape mon téléphone, j'hésite un peu avant de texter:

Tu dors? J'entends le bébé pleurer.

Charlie

Mon ami ne met pas plus de trente secondes à me répondre.

J'arrive!

Zac

Mon cœur fait trois tours. Zachary vient vraiment chez moi en pleine nuit pour découvrir ce qui se passe dans le cimetière! J'enfile un gros pull et je descends discrètement au rez-de-chaussée. Chaque planche du plancher qui craque me fait l'effet d'une bombe dans la maison. C'est étonnant comme les sons de la nuit nous semblent plus bruyants que ceux du jour.

C'est par les ronflements constants de mon père que je sais que mes pas ne le réveillent pas. Une fois en bas, je mets mes chaussures et j'attends de voir Zachary apparaître sous la lumière du réverbère dans la rue.

Quand mon ami arrive, j'ouvre délicatement la porte et je sors pour chuchoter:

— Je ne peux pas croire que t'es chez moi à 2h du matin!

— À la rescousse pour vous servir, madame.

Je souris et je prête l'oreille. On dirait que tout s'est arrêté. Zachary écoute à son tour et me confirme qu'il n'entend rien.

— Je te jure qu'il pleurait il y a deux minutes.

— T'es certaine que ce n'est pas simplement parce que je te manquais?

— NON! Idiot!

— Ha! Ha! OK, on va attendre un peu, il va peut-être recommencer.

La nuit est fraîche, je grelotte de froid et je tremble de peur. Zachary abaisse la fermeture éclair de sa veste en disant:

— T'as froid, je vais te prê...

— NON! Laisse tomber, si j'ai trop froid, je peux aller chercher mon manteau.

Mon ami rigole, mais il n'est pas question que je me laisse attendrir par un geste romantique stupide. Soudain, les pleurs recommencent. Je me raidis, et Zachary me fixe dans les yeux.

— Est-ce que c'est ça?

— Oui!

Mon ami reste figé un moment, le temps d'écouter le bébé. Ça ne fait pas de doute, le son vient du cimetière, mais ça ne semble pas l'effrayer.

— Je vais aller voir.

Je regarde Zac s'éloigner de la maison et traverser la rue à pas plutôt assurés. Je ne sais pas où il trouve le courage de faire ça. Personnellement, je me retiens de ne pas faire pipi dans ma culotte tellement j'ai la frousse! Je me demande ce que je dois faire si mon ami se fait attaquer par le bébé fantôme… Je rentre dans la maison ou je cours à sa rescousse?

Tout à coup, les pleurs s'arrêtent net. Zachary se tourne vers moi et hausse les épaules. Peut-être que sa présence effraie le fantôme. Je lève les yeux et j'aperçois une silhouette noire qui se dirige vers lui.

Je hurle de terreur en pointant cette chose, je tourne les talons et rentre dans la maison en courant. Une fois à l'intérieur, je m'empresse de vérifier que Zachary me suit, mais à mon grand désarroi, il n'est pas là. Que lui est-il arrivé?

Réveillé par mon boucan, papa dévale les escaliers.

— Qu'est-ce qui se passe, Charlie?

Je suis nerveuse, j'ai les larmes aux yeux et la voix qui tremble. Zachary est peut-être en train de se faire assassiner par un fantôme dans le cimetière ou pire, par la mère fantôme du bébé fantôme! Je ne sais pas par où commencer pour expliquer tout ça à mon père. Je bafouille:

— C'est le bébé fantôme, c'est Zac, il va se faire attraper!

— Qui va se faire attraper? De quoi tu parles, Charlie? Es-tu somnambule ou quoi?

Des larmes coulent sur mes joues, mon cœur bat à cent milles à l'heure, quand tout à coup, on frappe à la porte. Je sursaute, et hurle. Mon père m'attrape par les épaules.

— Charlie, calme-toi, bon sang!

Je me tourne, c'est Zachary qui est là. Je m'empresse de lui ouvrir.

— Zac, t'es pas mort!

Mon père s'avance.

— Hé bonhomme, est-ce que tu sais qu'il est 2h30 du matin? Il va falloir que tu m'expliques ce que tu fais ici.

C'est à ce moment que je remarque que mon ami tient un chat entre ses mains.

— Désolé, monsieur. Je voulais juste rassurer Charlie... Je l'ai trouvé, ton bébé, Charlie!

Je plisse les yeux d'incompréhension. Une personne s'avance derrière Zac. Je la reconnais, c'est madame Petitpas qui habite juste à côté.

Mon père se dresse dans le cadre de porte.

— Madame Petitpas, qu'est-ce qui se passe, est-ce que tout va bien?

— Je m'excuse, Guillaume. Zachary m'a expliqué que ma chatte a fait peur à Charlie ces dernières nuits.

Je ne comprends pas ce que la femme raconte, alors je rétorque:

— Votre chatte?

— Elle est en chaleur ces temps-ci et elle se lamente beaucoup. J'essaie de la garder dans la maison en attendant de la faire opérer, mais elle trouve toujours une façon de s'enfuir. Ce n'est pas la première fois qu'elle me fait sortir en pleine nuit!

Zachary me regarde avec un sourire en coin. Je viens de comprendre qu'il n'y a jamais eu de bébé qui pleure. Je me sens soudainement vraiment stupide. Ce n'était pas des pleurs d'enfant que j'entendais, mais des gémissements de chatte en chaleur. La honte! Je questionne mon ami.

— Tu le savais?

— Disons que je m'en doutais. Nous avons une chatte, nous aussi, et on l'a fait opérer il y a quelques années parce qu'elle se lamentait trop. C'est vrai que les cris peuvent ressembler à des pleurs de bébé.

— C'est pour ça que t'avais pas peur de marcher dans le cimetière en pleine nuit! T'aurais pu me le dire avant!

Zac sourit, fier de son coup. Madame Petitpas nous interrompt.

— Je suis vraiment désolée.

Zachary redonne le chat à la voisine. Mon père lui conseille de rentrer chez lui et m'ordonne d'aller me recoucher. Je me trouve idiote, mais je suis profondément soulagée. En retournant dans ma chambre, je prends quelques minutes pour texter Zac.

Merci ! Même si tu savais que ce n'était pas un fantôme, c'est cool que tu sois venu jusqu'ici en pleine nuit. Je me sens stupide.

Charlie

Ça m'a fait plaisir. Ça met de l'action dans ma vie.

Zac

Ha ! Ha !

Charlie

Ça peut être ennuyeux ici, des fois, mais ça l'est moins depuis que t'es là.

Zac

N'essaie pas ! Tes techniques de drague ne fonctionnent pas avec moi.

Charlie

😆 Ce n'est pas une technique de drague, c'est la vérité !

Zac

Oui, c'est ça… bonne nuit ! 😉

Charlie

Regarde l'autre qui ne me croit pas ! 😝

Zac

Bonne nuit Charlie, à demain.

Zac

Je viens de fermer mon téléphone quand mon père frappe à la porte en l'ouvrant doucement.

— Charlie, couche-toi. Pas d'écran à cette heure, tu vas faire de l'insomnie.

Je soupire, pas besoin de m'avertir, je le sais!

— Oui, oui...

Je me recouche. Je peux enfin dormir paisiblement, sans faire de cauchemars et sans avoir peur, avec mon petit Maracas qui ronronne en boule dans mon cou.

CHAPITRE 19

Je sors à peine de la rangée de casiers avec mon livre de sciences entre les mains que j'entends une voix derrière moi.

— Charlie! Comment tu vas, mec?

Merdouille! C'est P.-O., je reconnais sa voix, j'ai chaud. Je me retourne en souriant.

— P.-O.! Tu m'as trouvée... Ça va?

Le ton de ma voix n'est pas convaincant, je le sens. Je regarde autour de moi afin de m'assurer qu'aucun de mes amis n'est dans les parages.

— Hé, j'ai répété la chanson de Caravane que tu m'as montrée l'autre fois. Plus je la joue, plus je l'aime. C'est profond les paroles, je trouve.

— Oui, vraiment!

J'essaie de m'éclipser subtilement, non pas que la conversation me déplaise, mais la peur que mes amis arrivent est plus grande.

— Excuse-moi, je dois aller au secrétariat avant le début des cours… Je n'ai pas beaucoup de temps.

— Pas de problème.

Je commence à marcher mais P.-O. me suit, peinard. Évidemment, il ne peut pas deviner que je tente désespérément de m'éloigner de lui.

Soudainement, cette école me paraît beaucoup trop petite. Je ne sais plus par où me diriger. Et PAF! Apparaît Jeanne au loin qui m'envoie un signe de la main alors que P.-O. est toujours à mes côtés. Je suis foutue, je vais être grillée! Rapidement, je tente une évasion, je m'arrête devant les toilettes.

— Est-ce que c'est elle, ta copine?

— Euh… ouais! Excuse-moi, P.-O., envie pressante.

Je fais un pas rapide et au moment où je pense pouvoir m'évader, P.-O. me lance:

— Hé, mec! T'es en train d'entrer dans les toilettes des filles!

J'éclate d'un rire nerveux.

— Ah! Ben oui, je ne connais pas encore très bien l'école.

Je tourne les talons et me dirige vers les toilettes des garçons. MERDOUILLE! En entrant, je tombe face à face avec des garçons debout aux urinoirs. J'entre en coup de vent dans une cabine et je ferme la porte. Comment faire pour me sortir d'ici?

Debout devant la toilette, je me raisonne. Je n'ai qu'à attendre quelques minutes, et quand la cloche sonnera, je sortirai rapidement et personne ne remarquera quoi que ce soit.

Je prends une bonne inspiration, ça va aller.

La porte des toilettes s'ouvre, et les garçons qui étaient là à mon arrivée sortent, mais j'entends d'autres personnes entrer. Ah non! Ils sont deux (enfin, je crois), ils discutent ensemble, je reconnais une voix... c'est Zachary. Je ne sais pas avec qui il est, mais je l'entends clairement dire:

— Tu ne devineras jamais ce que j'ai fait cette nuit!

— Quoi?

— Je suis allé chez la nouvelle, Charlie, à 2h du matin!

— Pour faire quoi?

— Qu'est-ce que tu penses?

Je rêve ou Zachary est en train d'inventer une histoire sur nous deux? Je ne peux pas le laisser faire! D'un autre côté, si je sors de la cabine, il va se demander ce que je fais dans les toilettes des garçons!

— Je ne sais pas, moi... Tu lui as demandé de sortir avec toi, puis vous vous êtes embrassés toute la nuit?

— Ha! Ha! Mais non, je suis allé la sauver!

— La sauver de quoi?

— D'une chatte en chaleur!

Zachary se bidonne et je manque de m'étouffer en me retenant moi aussi. Je dois avouer que je me suis trompée. J'étais persuadée que Zachary allait inventer une histoire à propos de nous deux, mais finalement, il dit vrai. Je suis soulagée, parce que je le trouve sympathique et que j'aurais trouvé dommage de devoir briser notre amitié si vite.

— Qu'est-ce que tu racontes? Tu sors avec ou pas?

— Non, je ne sors pas avec!

— Heureusement, elle a l'air d'un gars.

— Ta gueule! Elle n'a pas du tout l'air d'un gars! Regarde-la comme il faut, elle a des petites mains, un petit nez, des belles lèvres, un teint parfait! Elle est parfaite, cette fille-là!

— Parfaite si t'es gay!

— Tu devrais surveiller tes paroles!

La porte de ma cabine tremble. Zachary vient probablement d'y pousser l'autre garçon. Je mets ma main sur ma bouche. J'hallucine, on dirait que Zachary va se battre pour essayer de me défendre.

— Calme-toi! Si tu la trouves jolie, je te la laisse, c'est tout.

La cloche sonne et les deux garçons quittent les toilettes. Si je ne savais pas que Zac est un type à filles et qu'il séduit tout le monde sur son passage, je tomberais sous son charme, c'est sûr! J'attends quelques minutes afin d'être certaine que les garçons ne sont plus dans les parages et je sors enfin. Il n'y a presque plus personne en circulation, aucun risque que je tombe sur un de mes amis. Je me dirige vers l'aile F pour mon cours de sciences, mais avant que j'aie le temps de trouver le local, la cloche du début des cours sonne. MERDOUILLE!

Ce n'est pas vrai! Je vais arriver en retard à mon premier cours! Tout le monde va me voir entrer, le prof va me poser des questions, je vis un cauchemar!

J'ai chaud, mes jambes tremblent, j'ai envie de pleurer et de prendre la sortie de secours pour courir sans jamais m'arrêter. Je veux monter dans le bateau et retourner chez moi pour vivre une rentrée normale, dans une école où je ne suis qu'une fille normale!

Je suis en train de préparer mon plan d'évasion quand un homme m'interpelle.

— Est-ce que ça va?

Je me retourne, c'est un adulte.

— Oui, oui, c'est juste que je cherche le local pour mon cours de sciences.

— Je ne t'ai jamais vue à l'école, t'es nouvelle?

— Oui...

— Ah! Alors sache que pour arriver à l'heure, tu dois te dépêcher, l'aile F est loin.

— Ah, OK.

— J'imagine que quand on est nouvelle, on n'a pas trop envie d'arriver en retard à notre premier cours, hein?

Je souris bêtement, je suis contente de voir que cet homme me comprend. Je souhaite profondément l'entendre dire qu'il est le directeur et qu'il me dispense d'aller en classe pour cette fois.

Mais malheureusement pour moi, l'homme hausse les épaules autant que les sourcils et me lance, d'un air désolé:

— Bon ben, bonne chance!

Mes genoux fléchissent, je n'arrive même pas à lui servir un sourire crédible. Il se moque de moi, c'est flagrant. Pour couronner le tout, il éclate de rire.

— Ha! Ha! Mais non, je fais des farces. Je ne vais pas te laisser comme ça, voyons. C'est quoi ton nom?

— Charlie.

— Viens avec moi, Charlie.

Je savoure déjà le moment. Il va me dire de venir dans son bureau le temps que passe le cours et je vais lui pardonner cette blague stupide et affreusement pas drôle.

— Je vais te conduire à ton cours, et je dirai que c'est moi qui t'ai retenue trop longtemps. Je m'appelle Daniel, je suis le responsable de la vie étudiante.

Je soupire intérieurement. Arriver en retard à son premier cours dans sa nouvelle école, c'est humiliant, mais arriver en retard accompagnée d'un adulte, c'est tout simplement la mort.

— Ah! Mais non, ça ira, je vais m'en sortir.

— J'insiste.

L'homme se met à marcher avec moi. J'envisage sérieusement de sauter par une fenêtre et de courir, courir et encore courir sans jamais m'arrêter.

J'ai honte!

Daniel frappe à la porte. Quand l'enseignant vient ouvrir, je suis rouge, je le sens. Tout le monde dans la classe me regarde. Je reconnais Zachary, assis dans le fond. Il me sourit. Étrangement, ça suffit à me soulager.

Le prof m'invite à entrer, et en pénétrant dans la classe, j'aperçois Jeanne et Sophia. Jeanne me dévisage. Sur ses lèvres, je peux lire «T'étais où?». Pas question que je lui dise que j'étais coincée dans les toilettes des garçons! Je lui fais un signe qui signifie que ça n'a pas d'importance. Je m'assieds à la seule place libre (juste devant l'enseignant, évidemment!). Une fois dos à la classe, je respire un peu avant de m'évanouir dans ma tête.

L'enseignant commence à parler. Je le regarde, mais je ne l'écoute pas.

La personne derrière moi me tapote l'épaule. Je me tourne, la fille me tend un bout de papier. Derrière, Jeanne m'indique que ça vient d'elle.

Je le déplie et je lis: «T'étais où? Je t'ai saluée et deux secondes après, tu avais disparu!»

Je prends mon crayon et j'écris: «Je me suis trompée, je suis rentrée dans les toilettes des garçons, j'ai eu la honte de ma vie, je suis restée cachée dans la cabine jusqu'à la cloche!» Puis, je renvoie le papier vers l'arrière en m'assurant de ne pas être vue par le prof.

J'observe Jeanne lire ma note, elle se met à rire. Le prof l'interpelle.

— Ça va, Jeanne?

Mon amie s'excuse et me regarde avec complicité. Je souris, fière de l'avoir fait rigoler.

Je dois parler avec Émile ce soir, j'ai besoin de son aide pour élaborer un plan. Je ne pourrai pas survivre longtemps dans ces conditions. Si je continue de cette façon, je serai démasquée d'ici la fin de la semaine. Avoir une double vie, ça demande de l'organisation, mais mon meilleur ami saura me conseiller, j'en suis certaine!

CHAPITRE 20

Salut ! As-tu du temps pour qu'on se parle ?
J'ai vraiment besoin de tes conseils !

Charlie

J'ai toujours du temps pour
ma meilleure amie ! ❤

Émile

Vidéo ou téléphone ?

Charlie

Vidéo !

Émile

👍

Charlie

Je dépose mon téléphone sur ma table de chevet, bien appuyé contre ma lampe pour avoir le bon angle de vue, et j'appelle mon ami. Il me répond torse nu.

— Argh! Pourquoi t'es tout nu?

Émile éclate de rire.

— Je ne suis pas nu! Je suis en train d'essayer mes vêtements pour demain!

Mon ami dépose son téléphone et enfile un t-shirt avec des imprimés de têtes de chats.

— Regarde! Tu aimes?

— Waouh! En fait, il est très laid, mais c'est ton genre. On dirait les frères et sœurs de Maracas! Où t'as trouvé un t-shirt comme ça?

— Je l'ai commandé sur Internet! Je savais que tu allais le détester.

— Je l'aime sur toi, mais je ne le porterais pas!

— Pourquoi pas?

— Disons que je n'ai pas trop envie d'attirer l'attention sur moi ces temps-ci.

Je change de ton pour prendre mon air désespéré.

— Émile, j'ai besoin de toi! C'est dur de mener une double vie, tu dois m'aider à élaborer un plan, sinon je vais tout gâcher. Peux-tu croire qu'aujourd'hui, je me suis retrouvée coincée dans les toilettes des garçons?

Émile s'esclaffe.

— Et j'ai surpris Zac, tu sais mon ami Zachary, celui qui ressemble à Antoine Olivier Pilon?

— Oui, oui, le beau Zachary, je sais qui c'est!

— Beau, mais il paraît que c'est un gars facile qui drague toutes les filles...

— Tu l'as entendu draguer une fille dans les toilettes des garçons?

— Non! Je l'ai entendu me défendre et dire que j'étais vraiment belle!

— Houuuuuuuuu!!!

— Ne te fais pas d'idées! Comme je viens de t'expliquer, sa cousine m'a dit qu'on ne pouvait pas avoir confiance en lui, que c'est un tombeur.

— Dommage... Mais est-ce que tu te rends compte à quel point ta vie est cool, Charlie?

— Hein? Pourquoi tu dis ça?

— Non seulement tu peux être un garçon ou une fille, mais en plus, t'es devenue une espionne. Ça et avoir le pouvoir d'invisibilité, c'est presque pareil, je trouve.

— Euuuuh, non, pas tant que ça, crois-moi! C'est vraiment compliqué! Si Les Voyous viennent me parler pendant que je suis avec mes amis qui savent que je suis une fille, ce sera problématique! Je dois trouver une façon de ne jamais être en présence de ceux qui pensent que je suis un garçon en même temps que ceux qui savent que je suis une fille. J'ai besoin de ton aide pour élaborer un plan.

— Charlie, t'en fais pas, on va trouver une façon de te sauver la face, fais-moi confiance!

Quand Émile prend ce ton-là, c'est parce qu'il est déterminé. Et quand il est déterminé, rien ne peut l'arrêter. Je le sais parce que je suis comme lui. Il n'est pas question que mon plan tombe à l'eau. Je veux jouer dans mon groupe et montrer ma vraie nature à mes amis. Et je vais y arriver!

À force de discuter, mon meilleur ami et moi, nous en venons à la conclusion que pour arriver à faire fonctionner mon plan, il faut que je puisse circuler dans l'école sans être reconnue. C'est-à-dire que Les Voyous ne doivent pas me reconnaître quand je suis une fille. Pour ça, je dois avoir un look différent, un style avec lequel je serai méconnaissable. De cette façon, Charlie-fille pourra circuler en paix dans les couloirs.

— Si je comprends bien, Émile, ça veut dire que je dois devenir une fille plus coquette?

— Je pense que tu n'as pas le choix.

Je me prends les cheveux à deux mains. Je sais que c'est la seule solution, mais ça va me demander un grand effort, c'est certain.

— Comment je peux refaire toute ma garde-robe?

— Je vais t'aider!

— T'es un peu loin pour m'aider.

Émile roule les yeux et retient un sourire.

— Quoi? Qu'est-ce qu'il y a, Émile la banane? Tu me caches quelque chose, je le sais!

— Je ne voulais pas te le dire, c'était une surprise, mais c'est trop dur!

— De quoi?

— Je prends l'avion vendredi et je viens passer le long week-end chez ma meilleure amie!

Je fixe l'écran de mon téléphone, je n'y crois pas! Si c'est une blague, je vais pleurer, parce que cette possibilité de voir mon meilleur ami me semble être la plus extraordinaire nouvelle du monde depuis l'invention de l'électricité!

— C'est vrai? Tu viens me voir aux Îles? Tu ne me fais pas marcher, là?

— Je te le jure! Ton père et mes parents ont organisé ça! Mais ne le dis pas à ton père, il m'avait demandé de garder la surprise.

Je mets ma main sur ma bouche, l'envie de crier de joie est plus forte que tout. J'attrape mon oreiller et j'enfonce ma tête dedans avant de me défouler en vidant mes poumons d'air bruyamment!

HAAAAAAHAAAAAAAAAAHAAAAAAAAAAAA!!!

— Émile, j'hallucine!!! J'ai tellement hâte que tu arrives!

— Moi aussi! Je vais demander à Max et Ève de me prêter quelques vêtements pour toi! Mais en attendant, qu'est-ce que tu as dans ta garde-robe que tu pourrais utiliser?

Je me lève pour vérifier. En poussant les vêtements accrochés sur les cintres, je tombe sur une chemise et une jupe que ma mère m'avait forcée à acheter pour Noël l'année dernière. Je les montre à Émile.

— J'ai ça...

— OUAH!! Parfait!

En cherchant bien, j'arrive à sortir quelques vêtements que ma grand-mère m'a offerts ici et là, toujours dans le but que je devienne plus féminine. Des habits que je n'ai jamais portés, évidemment. Les gens ont cette mauvaise manie de vouloir qu'on soit comme eux. On dirait que ma grand-mère se sent mal que je ne m'habille pas à son goût, pourtant, je déteste ses vêtements et je ne lui en parle pas!

— Je pense que j'en ai assez pour passer la semaine. Après, on pourra compléter avec ce que tu vas apporter.

— Oui, je pense aussi. Essaie donc quelques trucs pour voir.

Je soupire en riant, tout ça s'annonce ridiculement drôle!

Je me pousse du champ de vision de ma caméra et j'enfile la chemise blanche et la jupe à carreaux rouges, jaunes et orangés. Une fois que c'est fait, je reviens montrer le tout à Émile.

— Oh! *My GOD*! Charlie! C'est fou! On dirait que ce n'est pas toi!!

Je me tourne pour me regarder dans le miroir et je suis d'accord avec Émile: ce n'est pas moi.

— J'ai l'impression d'être toute nue en jupe!

Émile rigole.

— Mets un short en dessous, la plupart des filles font ça.

— Bonne idée!

— Mais il manque quelque chose, je trouve. Tu es très différente, mais tu as encore la même tête.

— Malheureusement, je n'ai pas d'autre tête qui traîne dans mes tiroirs pour remplacer celle-ci.

Émile propose:

— T'aurais pas une paire de lunettes et un foulard par hasard?

— Un foulard? Genre comme un hidjab?

— Mais non! Comme un bandana!

— Ah! Oui, je pense que j'ai ça. L'année passée, j'en portais aux poignets, tu te souviens?

— Oh! Oui! C'est vrai! Si tu les as encore, ce serait parfait dans tes cheveux.

Je fouille dans le fond de mes tiroirs, je sors mes bandanas et j'en noue un autour de ma tête. Ensuite, je cherche encore pour retrouver une paire de lunettes que j'avais utilisée une année pour me déguiser en Clark Kent, de *Superman*. Je la retrouve finalement dans le fond d'une boîte que je n'avais pas encore fini de vider! Je l'enfile et je m'approche de mon téléphone.

Émile hurle.

— Voyons?! Qu'est-ce qui se passe? C'est si horrible que ça?

— Non au contraire! C'est fou! Si je ne te connaissais pas, je pense que je voudrais sortir avec toi! T'as trop de style!

J'éclate de rire.

— Oui, mais tu me connais et tu sais très bien que c'est un déguisement! Alors laisse tomber!

— T'en fais pas, t'es comme ma sœur! Aucune chance que je tombe amoureux de toi. Mais je dois avouer que ce look te change. C'est sûr que les garçons du groupe ne vont pas te reconnaître comme ça!

— T'es certain?

— Certain!

Je soupire de soulagement. Si c'est ce que je dois faire pour garder ma place dans le groupe, c'est ce que je ferai. La musique avant tout!

Je me regarde dans le miroir. Je ne peux pas croire que je vais aller à l'école habillée comme ça. Maintenant, il ne me reste plus qu'à trouver une raison pour expliquer mon changement de style à Jeanne, Alice, Zac et les autres. Comme si Émile avait lu dans mes pensées, il me suggère:

— Tu pourrais dire à tes amis que tu profites de ton déménagement pour changer de look.

— Émile, t'es le meilleur!

— Je sais!

— Oh! J'y pense... Si tu arrives vendredi, tu dois t'acheter un billet pour venir voir Caravane avec moi!

— C'est déjà fait, qu'est-ce que tu penses?

— Sérieux?

— Hé, je ne suis pas ton meilleur ami pour rien! Je le suis parce que j'assure, ma chérie!

Je crois que je n'ai pas été aussi heureuse de toute ma vie (si j'écarte la fois où je suis allée à Disney quand j'avais dix ans).

CHAPITRE 21

Mon père vient de me déposer devant l'école. Je suis déguisée en collégienne. Je me sens ridicule, mais je sais que c'est la seule solution à mon problème. D'ailleurs, papa a failli faire une crise cardiaque en me voyant descendre les escaliers ce matin. Je lui ai lancé: «Nouvelle école, nouveau look!» Il s'est abstenu de tout commentaire. C'est ce que j'aime de mon père: il ne juge pas et la plupart du temps, il sait se taire.

Je vois mes amis et je vais à leur rencontre. J'ai les mains moites, j'ai peur de leur réaction. C'est Alice qui m'aperçoit la première. Elle me lance un bref coup d'œil, et je lui offre un large sourire. Elle me regarde quelques secondes en fronçant les sourcils, puis son visage s'égaye et elle s'exclame:

— Charlie?

— Salut!

Jeanne se tourne vers moi et me regarde de la tête aux pieds.

— Charlie? Qu'est-ce qui t'est arrivé?

Je simule un rire amusé et je réponds le plus naturellement possible:

— J'avais envie d'essayer un nouveau style!

Zachary, qui n'a pas encore dit un mot depuis mon arrivée, finit par ouvrir la bouche.

— Sérieux Charlie, je ne te reconnais pas. Je sais que c'est toi, mais mon cerveau a un bug, là!

Alice approche son visage du mien et s'exclame:

— T'as du maquillage!? Wow! Qui es-tu, Charlie? Je pensais te connaître, mais on dirait que t'es une autre personne.

Je prends un air assuré.

— Oui, mais là, j'avais envie de changement. Nouvelle école, nouveau look!

Sophia arrive et ne réagit qu'après quelques minutes passées à mes côtés.

— CHARLIE! Je ne t'avais pas reconnue!

Je rigole. Tant mieux, c'est exactement l'effet que je souhaite produire.

Nous entrons dans l'école. Jeanne me confie:

— Je te trouve géniale. Des fois, j'aimerais bien changer de look, moi aussi, mais ça ferait trop parler.

— Je vois ça!

— Je ne savais pas que tu portais des lunettes.

— Ah! Oui, c'est parce que j'ai aussi des verres de contact.

— Ça te va bien, je trouve.

— Merci.

En me dirigeant vers mon casier, je décide de faire le test ultime en passant devant l'endroit où se tiennent Les Voyous. Quand je les aperçois au loin, mon petit-déjeuner menace de ressortir. Je prends une grande inspiration et je marche en regardant droit devant. S'ils me reconnaissent, c'est la mort, et s'ils ne me reconnaissent pas, c'est le début de ma nouvelle vie. En gros, ça passe ou ça casse!

Je marche à pas décidés. Je ne suis plus qu'à dix mètres. Je serre les dents, je retiens ma respiration. Cinq mètres. Je ferme les poings, je continue d'avancer. Un mètre. Nous y voilà, je passe devant eux. Tout se passe bien, personne ne semble me remarquer et soudain, BANG!

Je suis tellement concentrée sur Les Voyous que je ne vois pas la poubelle devant moi, que je percute bruyamment. Pour la discrétion, on repassera! Tous les gens autour de moi éclatent de rire, ce qui a pour effet d'attirer (évidemment!) l'attention de Jimmy, P.-O. et Jacob. Les garçons se tournent vers moi. Jacob et Jimmy rigolent, alors que P.-O., lui, me sourit gentiment, par compassion j'imagine. Je roule les yeux, je suis rouge et je le sais. Je fais un rapide sourire en coin et je m'empresse de m'éloigner.

Tout à coup, je sens qu'on attrape mon manteau par-derrière. Je me retourne. C'est P.-O.

— Hé, attends!

Je meurs, je suis démasquée, ce plan était stupide! Venir vivre ici était ridicule, maaamaaaannnn, viens me sauver!!

P.-O. étire son bras.

— T'as laissé tomber ton téléphone.

Je racle ma gorge, et je tente de parler sur un ton plus aigu qu'à mon habitude.

— Ah! Merci.

Le chanteur me sourit et m'informe:

— Je pense que t'es nouvelle ici. Moi, c'est P.-O.

Je me fige, je ne peux quand même pas lui dire mon nom, sinon je suis foutue.

— Oui, je suis nouvelle, je m'appelle... Lily!

Lily, c'est le surnom que ma mère me donne. C'est la première idée qui m'est passée par la tête.

— Est-ce que tu as un frère, Lily? Parce qu'il y a un nouveau qui te ressemble vraiment beaucoup, il s'appelle Charlie.

Pense vite, Charlie, pense vite!

— Euh... oui! C'est mon jumeau!

— Ah! Je m'en doutais! Ton frère est membre de notre groupe, Les Voyous. Tu devrais venir nous voir jouer, un de ces jours...

— Ah! Ah! Ouais, tu sais, j'en ai déjà assez avec mon frère qui nous casse les oreilles!

Je n'en dis pas plus, j'attrape mon téléphone et je m'empresse de partir avant de fondre comme une glace au soleil.

Arrivée à mon casier, je reprends mon souffle. Est-ce que j'ai eu une bonne idée ou pas? M'inventer un frère jumeau, c'est de la folie, je le sais bien, mais P.-O. m'a tendu la perche et je n'ai pas été capable de trouver quelque chose de mieux. Est-ce que je suis folle? Je pense que oui! Je prends mon téléphone et je m'empresse de texter Émile.

Ça a marché!! Ils ne m'ont pas reconnue! Notre plan est parfait!

Charlie

Je le savais!

Émile

Sauf que j'ai ajouté quelque chose qu'on n'avait pas prévu...

Charlie

??

Émile

J'ai dit à P.-O. que j'étais Lily, la sœur jumelle de Charlie.

Charlie

Émile

C'est une bonne idée ou pas?

Charlie

Wow ! Charlie, t'es trop cool ! C'est une excellente idée ! Enfin, je pense !

Émile

Ah oui ? Tu penses ?

Charlie

Mais oui ! Ça explique pourquoi tu ressembles à Charlie et ça va te permettre d'être plus relax et de pouvoir parler aux membres de ton groupe, même à l'école.

Émile

J'avoue...

Charlie

— Qui tu textes? Ton petit ami à Québec?

Je relève la tête. Zachary se tient en face de moi.

— Ha! Ha! Non, je n'ai pas de copain, c'est mon meilleur ami.

Zac me regarde de la tête aux pieds.

— Ça me fait bizarre de te voir comme ça.

— T'aimes pas?

— Je ne sais pas, j'aime bien la Charlie en jogging, mais t'es belle comme ça aussi.

J'apprécie l'honnêteté de Zac et je suis contente qu'il préfère la vraie moi. Je voudrais lui dire que tout ça n'est qu'un déguisement et que je n'ai pas le choix, mais je me contente de rire bêtement. Il ajoute:

— Mais tu sais, c'est juste des vêtements dans le fond, on s'en fout.

Je regarde Zac dans les yeux un peu plus longtemps qu'il est normal de le faire. Zachary Cyr, pourquoi es-tu si charmant? Je me raisonne. Pas question que je me laisse hypnotiser par lui, j'ai de l'honneur, moi!

La cloche sonne. Sophia se joint à nous et nous nous dirigeons vers notre cours de français.

CHAPITRE 22

Nous sommes enfin vendredi! L'école s'est terminée avant le déjeuner. C'est comme ça ici: tous les vendredis après-midi, c'est congé. Juste pour ça, j'adore les Îles! L'idée de changer mon look pour être plus féminine est de loin la meilleure de l'année. J'ai même pu discuter avec P.-O. deux fois dans la file de la cafétéria. Finalement, c'est trop facile d'avoir plusieurs identités! Mon père m'a dit que Richard viendrait me chercher vers 13h pour m'emmener à l'île du Havre-aux-Maisons et il a précisé qu'il avait une surprise pour moi. Je ne lui ai pas avoué que je savais qu'Émile arrivait.

Depuis que j'ai déménagé, j'ai pris le temps de me familiariser avec les Îles. Je connais Cap-aux-Meules (où Zac, Alice, Jeanne et moi habitons),

Havre-Aubert (où Les Voyous demeurent), Havre-aux-Maisons (où se trouve l'aéroport) et Fatima (où Sophia habite et où nous avons sauté des caps). Même s'il m'en reste encore beaucoup à découvrir, je me trouve bien avancée dans mon exploration.

Je regarde l'avion d'Émile qui est en train d'atterrir en repensant à cette semaine qui s'est si bien passée et au merveilleux long congé que je vais vivre avec mon meilleur ami.

Quand celui-ci traverse les portes du petit aéroport, je sors de mes pensées et je cours dans sa direction pour lui sauter dans les bras. On n'a pas l'habitude de se faire des accolades, mais là, c'est plus fort que moi. Je suis si heureuse de le retrouver, j'ai l'impression que ça fait dix ans que nous sommes séparés.

Nous repartons avec Richard, qui nous dépose à la pharmacie où mon père travaille pour qu'Émile puisse le saluer. Je suis super excitée d'être avec mon meilleur ami, nous n'arrêtons pas de parler et de rigoler de tout et de rien. En me voyant, papa s'empresse de me demander:

— Alors, ma puce? Est-ce que c'est une belle surprise?

— Carrément!!!!

— Tu devais te demander où Richard t'emmenait, hein?

— Euh...

Émile me lance un regard complice et je retiens un rire nerveux. Mon père nous fixe. Il porte ses mains sur ses hanches et lance:

— Émile! T'as vendu la mèche?

Mon ami serre les dents.

— Excuse-moi Guillaume, c'était trop dur!

— Ha! Ha! Ça va! Je me doutais bien que tu finirais par le dire.

Émile et moi éclatons de rire. Papa le connaît trop bien!

— Bon! On te laisse travailler. On va rentrer tranquillement à pied. À tout à l'heure, papa!

En me dirigeant vers la sortie, je vois un homme blond aux cheveux longs et aux bras tatoués qui déambule dans l'allée.

Je m'arrête net et me tourne vers Émile, bouche bée. Mon ami écarquille les yeux. Ça ne fait pas de doute, cette personne, je la reconnais trop: c'est le chanteur de Caravane! J'attrape Émile par le bras et je l'entraîne dans la rangée suivante. Émile chuchote:

— Charlie, est-ce que c'est lui?

— OUI!!!!!!

Ils sont en spectacle ce soir, c'est sûr que c'est lui!

— Est-ce que tu vas aller lui parler?

— Pour lui dire quoi?

— Que tu adores son groupe!

Je n'arrive plus à réfléchir. C'est certain que j'aimerais le rencontrer, mais d'un autre côté, je ne sais pas quoi dire et j'ai trop peur d'avoir l'air stupide. Mon ami me prend la main.

— Allez, viens!

Je plante mes pieds au sol.

— NON! Je suis trop gênée.

— OK, mais on va quand même aller à côté de lui.

— NON!

— Voyons Charlie, ce n'est pas tous les jours que tu vas avoir la chance d'être aussi proche de ton idole! Allez!

Émile a raison, si je n'y vais pas, je vais le regretter. Je marche pour revenir à l'allée centrale, nerveuse, mais en tournant le coin, je suis déçue de constater qu'il n'y est plus.

MERDOUILLE!

J'ai raté ma chance à cause de ma timidité, c'est trop stupide! Émile et moi vérifions chaque allée pour le retrouver, mais on ne le voit nulle part. Frustrée, je traîne les pieds vers l'arrière pour aller raconter ce qui vient de se passer à mon père quand BAM! Je le vois en train de discuter avec le rockeur au comptoir! J'hallucine, le chanteur de Caravane parle avec mon père! Soudain, un deuxième homme se joint à lui. Je le reconnais lui aussi, c'est le bassiste. Je vis un rêve!

Je reste plantée là à tenter d'entendre leur conversation. Je comprends que le *drummer* est malade. Mon père les conseille, mais je ne saisis pas tout ce qu'il leur dit. Les deux musiciens le remercient et s'apprêtent à s'éloigner du comptoir quand mon père m'aperçoit. Je vois immédiatement son visage s'illuminer, et je sens qu'il va faire quelque chose... Il hausse la voix et interpelle les deux hommes.

— Hé, attendez!

Je deviens rouge, j'ai chaud.

Les musiciens se retournent et papa leur dit:

— Si jamais ça ne s'arrange pas, j'ai peut-être une idée... J'aimerais vous présenter ma fille.

Il me pointe. Je me fige.

Il sort de derrière son comptoir et vient vers moi, m'agrippe par les épaules et lance fièrement:

— C'est une super bonne joueuse de batterie et elle connaît toutes vos chansons par cœur.

Les gars me regardent avec une expression qui dit: «Trop mignonne, cette enfant!» Et moi, je ne fais rien. C'est-à-dire que je ne fais rien qui puisse les convaincre du contraire. Je reste plantée dans les bras de mon père comme un bébé. Le chanteur me dit:

— Ah oui? Tu joues de la batterie?

Allez Charlie, saisis ta chance...

— Oui, je suis dans un groupe aussi. Et je connais toutes vos chansons. Votre *drummer* est malade?

Je suis fière de moi, j'ai réussi à enchaîner plus d'une phrase. J'ai peut-être parlé un peu vite, mais au moins, je l'ai fait!

— Oui, on ne sait pas trop ce qu'il a...

— En tout cas, ma fille sera à votre spectacle, si jamais...

Les deux musiciens se regardent et sourient.

— C'est quoi ton nom?

— Charlie Paradis-Mendez.

Argh! Pourquoi j'ai dit mon nom de famille aussi, ça fait *loser*!

— Enchanté, moi c'est Doum.

Je rigole nerveusement.

— Oui, je sais...

— Je ne pense pas qu'on aura besoin de remplacer Will ce soir, mais on t'invite à venir au test de son si tu veux. Comme t'as un groupe, tu vas peut-être trouver ça cool de voir ça.

Je n'en reviens pas. Je suis figée, impressionnée par la gentillesse du chanteur. Quand je regarde leurs clips, je trouve que les gars ont l'air de criminels, mais maintenant que je les ai devant moi, je les trouve tellement sympathiques que j'ai du mal à croire ce qui m'arrive.

Je ne sais pas combien de temps je reste dans la lune. C'est Émile qui m'en sort en disant:

— C'est sûr qu'elle sera là! À quelle heure?

Je reviens sur terre. Le chanteur éclate de rire.

— Cool! Et toi, tu t'appelles comment?

— Émile.

— Vous n'avez qu'à venir tous les deux à 16h30.

Je bégaie quelque chose qui ressemble à:

— EEook kk, on va valler.

Je voulais dire «on va y aller» ou «on va venir» mais c'est une phrase incompréhensible qui est sortie de ma bouche. Les musiciens sourient et s'éloignent en nous saluant.

Je regarde mon père:

— Vite, donne-moi quelque chose, je vais vomir!

CHAPITRE 23

Assis sur mon lit, Émile et moi sommes encore sous le choc de ce qui s'est passé à la pharmacie!

— Tu te rends compte, Charlie, ils t'ont invitée personnellement à aller au test de son de Caravane! Personne n'assiste jamais au test de son, t'es la fille la plus chanceuse du monde!

— Je sais! Je n'en reviens pas!

Le temps me donne l'impression de ne pas vouloir avancer tellement j'ai hâte d'y être. Chaque fois que je regarde l'heure, il n'y a que cinq minutes d'écoulées. J'ai fait visiter la maison à Émile, nous avons joué avec Maracas, publié une nouvelle vidéo sur le compte de mon ami. D'ailleurs, j'ai été surprise de voir qu'il a maintenant 25000 abonnés. C'est énorme!

— Hé! Charlie, on va te faire essayer les vêtements que j'ai apportés et si tu veux, je peux te maquiller pour le show! Rien d'extravagant, juste au cas où tu monterais sur scène.

— Pourquoi je monterais sur scène?

— Comme ton père a dit, pour remplacer le batteur malade.

— Voyons Émile, mon père a dit ça parce que c'est mon père! T'as vu comment les gars me regardaient. Ils voyaient une enfant, pas une rockeuse! Je n'ai aucune chance de les accompagner ce soir.

— Bah, justement, laisse-moi donc t'arranger un peu pour que t'aies l'air d'une fille d'au moins dix-sept ans! Tu vas voir, le maquillage, ça vieillit!

— Tu penses?

— Fais-moi confiance!

Émile sort de son sac les vêtements de mes amies. Chaque pièce me décourage, je ne peux pas croire que je vais porter ça! Des robes, des jupes, des chemises avec de la dentelle, je ris de découragement. AU SECOURS!

Après la séance d'essayage, je m'assieds sur une chaise et Émile sort son étui de maquillage. Mon ami ne se maquille pas au quotidien, il le fait seulement pour s'amuser ou pour des soirées spéciales. Il sait faire toutes sortes de looks adaptés à chaque occasion. Son rêve est de devenir maquilleur professionnel pour un cirque ou pour une artiste excentrique comme Lady Gaga, et d'être un influenceur de mode. Soudain, la réalité me frappe de plein fouet!

— Ah! Mais non! Attends! J'ai une répétition avec mon groupe de 18h à 19h30. Je ne peux pas arriver là maquillée!

— Le spectacle est à quelle heure?

— 21h.

— OK, j'aurai le temps de te maquiller tout à l'heure avant le show.

Je suis déçue, j'aurais voulu me présenter au test de son avec mon air plus vieux, mais ça ne sera pas possible.

Je regarde l'heure, c'est enfin le moment de nous rendre à la salle de spectacle. Mon cœur s'agite. L'endroit est assez près de chez moi pour qu'on puisse y aller à pied. Pendant toute la route, une seule idée m'obsède: qu'est-ce que je vais bien pouvoir leur dire?

— C'est sûr que tu dois leur avouer que tu les adores.

— Je ne les adore pas EUX! J'adore leur musique, ce n'est pas pareil.

— Dis-leur comme tu veux, mais dis-leur! Peut-être que tu pourrais leur demander des conseils.

— Oui, bonne idée, je vais les questionner pour savoir quoi faire pour que Les Voyous deviennent populaires.

— Est-ce que tu vas aussi vouloir un autographe?

— Je pense que oui, si je ne suis pas trop timide.

— Si t'es trop timide, je parlerai à ta place. Parce que si tu bégaies comme tout à l'heure, ils ne comprendront rien.

Émile se moque de moi. Je roule les yeux, j'hésite entre avoir honte ou trouver la situation drôle. En fait, c'est un mélange des deux, je pense.

En apercevant la salle de spectacle Les Pas Perdus, je commence à stresser. Puis, je remarque deux personnes assises sur le bord du trottoir. C'est le chanteur et le batteur. En m'apercevant, Doum se lève et nous fait un signe de la main.

— Salut vous deux!

Je remarque que le *drummer* n'a vraiment pas l'air dans son assiette.

— Est-ce que tout va bien?

— Oui, oui, il en a vu d'autres, il va s'en remettre. Venez!

Nous suivons mon idole à l'intérieur. Les deux autres membres du groupe sont sur scène et jouent de leur instrument. Je suis hyper excitée. Le chanteur nous invite à nous asseoir pour assister à ce moment unique. Je suis en train de prendre une photo de la scène quand j'entends mon nom au micro.

— Charlie, tu veux venir faire un petit jam?

Je regarde Émile, les yeux ronds. Ça doit être un rêve! Qu'est-ce que j'ai fait à la vie pour qu'elle m'offre un si beau cadeau? Et puis, je me rappelle mon audition avec Les Voyous et les baguettes qui s'envolaient de mes mains. Il ne faut absolument pas que ça se reproduise cette fois!

Je me lève. Émile prépare son téléphone, prêt à saisir le moment. Je monte sur la scène. Il n'y a personne dans la salle, mais dans ma tête, je suis une star!

Je m'assieds à la batterie et Doum commence à jouer. Je reconnais tout de suite la chanson, c'est *Chien noir*. Je cogne mes baguettes exactement comme le batteur le fait dans la chanson et je commence mon *beat*. Les gars se regardent en souriant et en hochant la tête. Doum commence à chanter.

Si ce moment pouvait durer toute ma vie, je serais la fille la plus heureuse au monde!

On joue la chanson en entier, et à la fin de la dernière note, le chanteur me dit:

— Hé, t'es super bonne!

Je hausse les épaules, intimidée.

— Sérieusement, je suis impressionné.

Je souris. Les autres membres du groupe ont l'air d'accord avec Doum. Je suis aussi fière qu'un caniche qui sort de chez le toiletteur.

— Merci.

— J'espère que t'as aimé ton expérience?

— Oui, vraiment! C'était génial!

— Peut-être qu'un jour, ton groupe fera la première partie du mien.

— Ce serait incroyable!

Une fille entre dans la salle.

— Bon les gars, faut aller manger si on veut arriver dans les temps.

Le chanteur me regarde.

— On se revoit tout à l'heure au show!

— Oui, c'est sûr que je serai là!

Je marche vers Émile, qui s'empresse de demander aux gars:

— Est-ce qu'on peut avoir un autographe?

Le bassiste nous sourit et étire son bras vers la fille qui vient d'entrer. Elle lui lance quelque chose, qu'il attrape et nous tend.

— Tenez.

Émile et moi déplions les morceaux de tissu. Ce sont deux t-shirts avec les signatures de chaque membre du groupe.

— Génial! Merci!

Nous sortons de la salle. La lumière du jour m'éblouit, j'ai l'impression d'être au paradis. Nous marchons jusqu'à la pharmacie, où mon père nous attend. Dans l'auto, je flotte, je ne fais que parler de mon moment avec mon groupe préféré.

Je ne veux pas revenir à la réalité. Toutes les chansons de Caravane résonnent dans ma tête. Je ne sais pas pourquoi la musique me fait cet effet-là, mais dans mes pensées, ma vie est un film et la trame sonore est une longue chanson rock.

Au début, je n'étais pas certaine que je voulais qu'Émile m'accompagne à ma répétition avec

Les Voyous. Ça me gênait un peu de lui montrer le Charlie-garçon et j'avais aussi peur que les membres du groupe ne soient pas d'accord, mais ils ont accepté et je suis excitée de les présenter à Émile.

Nous entrons dans le garage, où tout le monde nous attend.

— Salut les gars, je vous présente Émile, mon meilleur pote!

J'enlève ma veste en cuir et je m'assieds sur le siège derrière la batterie. Pendant ce temps, Émile fait connaissance avec les membres du groupe. P.-O. me lance:

— Hé, mec! T'es un petit cachottier!

Pendant un instant, je stresse parce que je me demande à laquelle de mes cachotteries P.-O. fait référence.

— Comment ça?

— Tu ne nous avais pas dit que t'avais une sœur jumelle!

Je prends mon air désintéressé.

— Bah, ce n'est pas vraiment important, c'est juste ma sœur.

Jim rétorque:

— On la trouve très mignonne, ta sœur!

— Elle te ressemble, mais en fille et en beaucoup plus belle.

P.-O. et Jimmy rigolent tandis qu'Émile et moi, on se regarde avec un sourire en coin.

— Aux dernières nouvelles, vous avez déjà des copines, non?

P.-O. m'informe fièrement:

— Non, plus moi. Caro et moi, c'est terminé.

— Ah oui? Comment ça?

Jacob s'exclame en riant:

— Parce qu'il est amoureux de ta sœur!

Le chanteur réagit en riant et en levant les yeux au ciel.

— Mais non, c'est juste qu'on ne s'aimait plus comme avant et Caro était jalouse de toutes mes amies filles.

J'ai du mal à cacher mon malaise. C'est une situation complètement bizarroïde. Pour empirer ce drôle de moment, P.-O. ajoute:

— Pour de vrai, Charlie, ta sœur a quand même l'air de me trouver à son goût.

Je bafouille:

— Hein? Euh... pourquoi tu dis ça?

— Je ne sais pas, c'est sa façon de me regarder et de rire de mes blagues! Ça ne te dérange pas si j'essaie de me rapprocher d'elle?

Je deviens rouge, je le sens! J'ai chaud, je n'arriverai pas à répondre plus d'un mot, c'est certain. Je m'empresse d'empoigner mes baguettes, je me contente de hausser les épaules, comme si je n'en avais rien à cirer, et je commence à frapper sur ma batterie.

Cela a pour effet d'entraîner tout le groupe dans la musique. Je suis sauvée!

CHAPITRE 24

On joue enfin notre dernier morceau. Cette répétition m'a semblé durer une éternité, pour deux raisons:

1: J'ai trop hâte d'aller au spectacle de Caravane.

2: Je ne peux pas m'enlever de la tête que P.-O. s'intéresse à moi et ça me déconcentre au plus haut point.

Je regarde l'heure et j'informe les gars que je dois quitter pour le spectacle. Au même moment, nous entendons le klaxon de la voiture de mon père. Avant que je parte, P.-O. me demande si ma sœur est sur les réseaux sociaux. Je lui réponds que non, ce n'est pas trop son genre.

— Vous êtes pareils, tous les deux!

Émile éclate de rire et avoue:

— Tellement, des fois j'ai l'impression qu'ils ne font qu'un!

Je salue les garçons et je tire mon meilleur ami par le manteau pour le presser de sortir.

— Idiot!!!

J'ai envie de rire et de crier. Je sais qu'Émile se retient également, mais nous attendons d'être dans la voiture avant de nous laisser aller à notre hilarité! Nous reparlerons de ce qui vient de se passer quand mon père ne sera plus là. Pour le moment, on ne peut que se tordre de rire sans explication.

— Qu'est-ce qui vous fait rigoler comme ça?

— Rien, rien! Des bêtises!!

Nous rentrons à la maison pour nous préparer avant le spectacle. Une fois seuls dans ma chambre, nous pouvons enfin revenir sur ce qui s'est passé.

— Charlie, c'est tellement incroyable, cette histoire! Le chanteur qui est amoureux de ta sœur jumelle qui n'existe pas, c'est hallucinant comme c'est drôle!

— Je sais! J'hallucine! Mais je me sens un peu mal pour P.-O. C'est mon ami et je lui raconte le plus gros des mensonges du monde.

— Voyons Charlie, de toute façon, tu ne vas pas vivre ici toute ta vie. Tu vas rester quoi? Un an, deux ans? Après, tu vas reprendre ta vie normale. Alors qu'est-ce que ça change dans le fond?

— Oui, t'as raison! C'est temporaire.

J'enfile ma «tenue de show» et Émile me met du vernis noir sur les ongles. Avec mon jean noir ajusté, ma chemise argentée et mon t-shirt du groupe (bien entendu) en dessous, je me sens prête pour LA soirée de ma vie. Idéalement, il me faudrait aussi des tatouages pour compléter le look, mais pour le moment, mes parents ne veulent pas. En me regardant dans le miroir, je décide d'ajouter un accessoire: un bandana dans mes cheveux! Oui, je l'avoue, j'aime l'effet du bandeau! Pas la jupe que je porte normalement avec, par contre!

Mon ami s'empresse de me maquiller comme nous l'avions prévu. Une fois les derniers coups de mascara appliqués, il me donne la permission de me regarder.

OH! Le choc!

— Émile, faut que tu m'apprennes à me maquiller, c'est incroyable! Lily serait vraiment jolie comme ça dans les soirées!

— Qui ça?

— Lily, ma sœur jumelle!

Nous pouffons de rire.

— P.-O. sera fou de Lily avec ce beau visage-là, c'est certain.

Je rougis. Émile est fier de son coup et il a raison de l'être: je suis méconnaissable et j'ai l'air plus vieille. Je me donnerais au moins dix-sept ans... ou en tout cas, seize, certainement!

Émile et moi sommes les premiers à arriver à la salle de spectacle. L'espace est assez grand, et divisé sur deux étages. Pas aussi vaste que le Grand Théâtre de Québec, mais suffisamment pour laisser entrer au moins deux cents spectateurs je dirais, peut-être même trois cents.

J'ai l'intention d'être le plus près possible de la scène, alors nous restons sur le premier plancher. Lentement, la salle se remplit. Les jeunes de mon âge se font rares (comme d'habitude). Je ne sais pas pourquoi les gens de ma génération préfèrent écouter de la musique pop coréenne. Ce n'est vraiment pas mon genre! Ce qui m'allumera toujours, c'est le rock! Et en parlant de ce qui m'allume, je manque de m'étouffer quand je vois Zac apparaître à travers les spectateurs.

— Salut Charlie!

— Zac! Qu'est-ce que tu fais ici?

— Bah, j'ai eu envie de venir.

Je ne sais plus quoi dire, c'est Émile qui brise le silence entre nous.

— Salut! Moi, c'est Émile.

Je sens qu'un malaise s'installe. À mon avis, Zac pense qu'Émile est mon petit ami de Québec. J'ai beau lui avoir répété plein de fois que je n'ai pas d'amoureux, il n'a jamais l'air de me croire. Je sens qu'il est important de préciser:

— Émile est mon meilleur ami. Juste mon meilleur ami.

Le sourire de Zachary s'élargit, et au même moment, les lumières dans la salle s'éteignent et celles de la scène s'allument. Mes amis et moi sommes bien placés à l'avant et je ne laisserai personne me pousser vers l'arrière. La première chanson commence, les vibrations dans mon corps m'emportent. La voix de Dominic, le chanteur, me transporte. J'oublie Émile, je ne pense pas à Zac, ni à P.-O., ni à personne, je suis dans le rock.

Pendant la troisième chanson, je sens que quelque chose cloche. Le batteur ne suit plus le rythme et le chanteur le regarde souvent, l'air soucieux. Sans prévenir, le batteur se lève et quitte la scène, suivi rapidement par les autres membres du groupe. Avant de sortir, le guitariste annonce une pause de quelques minutes. On entend des murmures de stupéfaction dans la salle. J'avais raison, il y a un problème.

Émile demande:

— Qu'est-ce qui se passe, vous pensez?

— C'est le batteur, il ne suit pas le rythme, il est sûrement encore malade.

— Charlie, tu penses qu'ils vont annuler le show?

— Mais non! Arrête!

Émile ne dit rien, il ne fait que regarder derrière moi. Je me retourne pour voir ce qui attire autant son attention. C'est la fille qui nous a donné les t-shirts cet après-midi.

— Charlie, c'est ça? Le groupe aimerait te voir à l'arrière.

Émile s'exclame:

— HOOOOAAAA! Qu'est-ce qui se passe, à ton avis?

— Je ne sais pas, moi!

— Pourquoi ils veulent te parler à toi?

— Ils veulent peut-être que j'appelle mon père pour avoir des conseils?

Intriguée et confuse, je suis la fille avec nervosité. En arrivant dans les coulisses, j'aperçois Dominic, qui semble énervé.

— Ah! Charlie! Écoute, Will est vraiment trop malade. Tu peux nous aider?

— Oui, oui. Vous voulez parler à mon père?

— Non, non, je veux dire TOI, es-tu prête à monter sur scène avec nous?

Déconnexion de la transmission neurologique de Charlie Paradis-Mendez...

BIIIIIPPPPPPPPPPPP!!!!!!!! Je fixe le chanteur, muette de stupeur.

— OK, laisse tomber, Charlie, on va annuler, c'est pas grave!

Reconnexion en cours...

— Non, non! Je veux dire, oui, oui! Oui, je suis prête!

— Oh *yeah*! *Rock on*!

Je reste derrière pendant que le chanteur retourne sur scène pour annoncer:

— OK, ce soir, ça va être spécial! Will est à terre, rien de grave, mais il ne peut pas finir le show.

La salle se met à huer. Ça s'annonce mal!

— MAIS... On connaît quelqu'un qui peut le remplacer. Je vous avertis, vous allez être surpris... Promis, on va vous donner un show terrible ce soir!

Je sens que je vais exploser, j'ai le pire trac de ma vie.

— Criez fort pour CHARLIE!

La foule crie, Raphaël, le bassiste, me tapote l'épaule et m'entraîne avec lui sur scène. Les éclairages m'aveuglent, mais j'entends qu'en me voyant, les cris des spectateurs diminuent d'intensité. J'ai même l'impression que certains recommencent à huer. J'essaie de me concentrer sur la voix d'Émile qui hurle «C'est toi la meilleure, Charlie!», mais j'ai peur. Peur que la foule ne me trouve pas bonne, peur de faire tomber mes baguettes, peur d'oublier les chansons.

Avant de commencer, Doum s'approche de moi et m'encourage.

— Ça va aller, Charlie, je sais que t'es bonne! Tu n'as qu'à faire comme tout à l'heure au test de son.

J'attrape les baguettes et je les frappe ensemble pour donner le signal au groupe de jouer la première chanson sur la liste qu'on m'a remise. Je donne tout ce que j'ai dans le ventre. Jusqu'au moment où je sens que ma baguette quitte ma main. NOOONNN!!!! Pas cette fois, pas question! Avec un coup de poignet, je l'envoie vers le plafond, elle tourne sur elle-même, je la regarde redescendre, déterminée à la rattraper, et hop! Elle revient dans ma main et je continue à jouer.

La foule se met à crier et cette fois, c'est unanime, elle m'acclame! Je sais que je ne commets aucune erreur, je sens que les membres du groupe sont satisfaits de mon travail. Je rêve déjà de ma propre carrière de rockeuse. Pendant un solo, je décide même de ce que sera mon premier tatouage: un papillon, comme celui que le chanteur a sur le torse.

On enchaîne les chansons les unes après les autres. Dominic a une énergie incroyable. Il chante, il crie, il se lance dans la foule en déchirant sa chemise. Je peux mourir demain, je ne vivrai jamais de plus beau moment de ma vie, c'est certain!

Comme toute bonne chose a une fin, on finit malheureusement par jouer la dernière chanson, puis on salue la foule en délire avant de partir dans les coulisses. Je suis sur un nuage euphorique! Doum me tape dans la main, les autres membres du groupe font pareil. Dans la salle, les spectateurs crient pour qu'on revienne. Le chanteur me demande:

— Prête pour un rappel?

— Carrément!

Nous réapparaissons sur la scène. Le public nous applaudit. La chaleur des éclairages, les cris du public et le son de la guitare qui déchire l'espace-temps: tout me plaît. Je suis née pour être une *rock star*!

Nous jouons quatre autres chansons et le spectacle se termine. Quand je retourne à l'arrière de la scène avec les gars, je suis tellement fière de moi que je ne trouve rien à dire d'autre que:

— C'était DINGUE! Dingue! Vraiment trop DINGUE. Merci!

Le chanteur me met une main sur l'épaule.

— Merci à toi, Charlie, c'était trop fort! T'as sauvé le show! Tu sais, un groupe, c'est comme une famille, ce n'est pas facile d'y faire sa place, et toi, on dirait que t'es notre fille! T'étais trop à ta place! C'est sûr qu'on va se revoir un jour et c'est toi qui seras sur scène avec ton groupe!

Je souris à pleines dents. Si tout ça n'est qu'un rêve, j'arrache la tête de la personne qui me réveille!

Quand je suis de retour dans la salle, Zac et Émile m'accueillent en hurlant! Émile court vers moi.

— J'hallucine, Charlie, t'étais tellement parfaite! J'ai pris plein de photos et j'ai filmé des vidéos!

Je regarde rapidement le matériel qu'Émile a capté avec son téléphone. J'ai tellement hâte de partager ça avec mes amis et ma famille!

— Mon père va halluciner quand je vais lui dire ce qui s'est passé.

Zac s'approche.

— Sérieux, Charlie, tu m'as vraiment impressionné. T'es super bonne!

— Elle n'est pas bonne, ma Charlie, c'est tout simplement une virtuose!

— Bah! N'exagère pas, Émile! Virtuose de la batterie, quand même, je ne suis pas si bonne que ça.

— Tut tut tut, chérie, je t'interdis de te dénigrer. T'es la meilleure, un point c'est tout!

Nous sortons de la salle de spectacle. Dehors, il fait froid, ça me remet les idées en place. J'avais beau être une *rock star* il y a une heure, maintenant, je suis de nouveau une fille qui se les gèle aux Îles-de-la-Madeleine.

Nous marchons un peu avec Zac jusqu'au coin de ma rue. Je l'inviterais bien chez moi, mais vu l'heure, je ne crois pas que mon père serait content de nous voir arriver les trois ensemble.

— Voulez-vous venir chez moi? Ma mère travaille ce soir.

Je lance un regard à Émile. Ses yeux veulent tout dire.

— Hum, c'est gentil, mais je suis claquée! On va rentrer se coucher, je pense.

Émile approuve, l'air faussement déçu (je le connais assez pour le savoir). Nous laissons Zac poursuivre sa route, et mon meilleur ami et moi tournons sur ma rue. Une fois que nous sommes suffisamment loin, je demande à Émile pourquoi il ne voulait pas aller chez Zachary.

— Bah, il est gentil, mais je n'aimais pas sa façon de me regarder.

— Ah oui? Comment il te regardait? Je n'ai rien remarqué.

— T'aurais dû le voir fixer mes doigts pendant le spectacle, je pense qu'il en fera des cauchemars. On dirait qu'il n'avait jamais vu un garçon avec du vernis.

Je souris. C'est vrai que le style d'Émile est très différent de celui des garçons d'ici.

— Et il a fait une remarque vraiment nulle aussi.

— Quoi?

— Il m'a dit qu'au début, il avait peur que je sois ton petit ami, mais que finalement, il voit bien que je ne suis pas le genre de garçon qui aime les filles.

— QUOI? Sérieusement?

— Oui, oui! Je me demande bien de quoi ça a l'air, un garçon qui aime les filles...

— Laisse tomber, Émile, c'est juste qu'il n'a jamais vu un garçon comme toi, c'est tout. C'est cliché, mais il a dû penser que t'es gay.

— J'aurais dû t'embrasser juste pour le provoquer.

— ARGH! T'as pas intérêt!

— Pourquoi?

— Parce que t'es comme mon frère!

— Je sais bien, je rigole!

Émile et moi rigolons en marchant à pas rapides dans la nuit glaciale. Quand nous arrivons chez moi, mon père est assis devant la télévision. J'ai à peine mis le pied dans la maison que je crie, trop impatiente de raconter ma soirée.

Après, je m'empresse d'appeler ma mère pour lui répéter exactement la même chose. Je ne suis pas remise de mes émotions, et le raconter me donne l'impression de revivre le moment encore et encore.

CHAPITRE 25

Samedi matin, je me réveille et je vais voir si Émile dort encore dans mon autre chambre. Il est assis sur le lit avec une revue en main.

— Salut! Qu'est-ce que tu fabriques?

— Je faisais un test pour savoir si je suis amoureux.

Je sursaute.

— QUOI? Amoureux de qui? Pourquoi tu ne m'en as pas parlé avant?

— Tu vas rire si je te le dis.

— Voyons Émile, ce n'est pas mon genre. Est-ce que je la connais?

— Non, justement. C'est une fille qui me suit sur les réseaux sociaux. On se parle chaque jour.

— Ah oui? Et elle habite où?

— À Trois-Rivières.

— Oh! Ça fait loin pour être ta copine! As-tu une photo d'elle?

Émile prend son téléphone, fait quelques balayages d'écran et me le donne.

— Wow! Elle est super belle et vraiment ton genre, en plus!

— Je sais! J'adore ce look *e-girl*.

— Est-ce que vous vous êtes déjà vus en vrai?

— Non, pas encore.

— En vidéo?

— Non, elle est trop gênée pour le moment.

— Ça fait combien de temps que vous vous parlez?

— Neuf jours!

— Ha! Ha! C'est précis ça! Cool! T'es chanceux!

— Tu peux bien parler, toi! T'as deux garçons qui te courent après ici!

— Hein? Qui ça?

Émile éclate de rire.

— Charlie Paradis-Mendez, ne fais pas semblant que tu ne le sais pas, je parle de Zac et de P.-O.

— Ah! P.-O. ne compte pas, il s'intéresse à ma sœur qui n'existe pas! Et Zac... OK, j'avoue pour Zac!

— Et toi? Lequel des deux tu aimes le plus?

— Je n'ai pas dit que j'aimais ni l'un ni l'autre.

— N'essaie pas, je te connais trop et je t'ai vue les regarder tous les deux. Tu craques pour eux mais pour des raisons différentes, avoue!

Je crie et j'envoie un coussin dans le visage de mon ami.

— Rien à voir!

— OK alors, réponds à mon test et on va bien voir si t'es amoureuse ou pas.

— Vas-y, je suis certaine que ça va dire que non.

— OK, je te pose les questions et je vais faire une étoile à côté des réponses qui concernent Zac et un cœur à côté des réponses pour P.-O.

— Vas-y!

Es-tu amoureux(se)?

1. Comment te sens-tu quand tu vois cette personne alors que tu ne t'y attendais pas?

a. Je suis de bonne humeur.
b. J'ai un regain d'énergie, je m'enthousiasme. ★
c. Je n'ai aucune émotion, ça m'importe peu qu'elle soit là.
d. Je me fige, je deviens rouge, mon cœur s'accélère, j'en perds mes idées. ♥

2. Comment réagirais-tu s'il ou elle te voyait en pyjama, les cheveux en bataille?

a. Ça ne me dérangerait pas, à condition de ne pas porter mon pyjama passé de mode des Trolls.
b. Je serais timide, mais ce ne serait pas la fin du monde non plus.
c. Je n'en aurais rien à faire.
d. Pitié, non! Je me sauverais en courant. ★ ♥

3. As-tu regardé s'il ou elle était sur les réseaux sociaux?

a. J'avais prévu de le faire bientôt.
b. Oui bien sûr, j'ai regardé toutes ses photos.
c. Non.
d. Oui! Et je retourne voir ses photos régulièrement. ★ ♥

4. T'est-il déjà arrivé de t'imaginer en train de l'embrasser?

a. Oui, c'est trop bizarre!
b. Oui, mais ça me gêne d'y penser. ★ ♥
c. Jamais de la vie.
d. J'en rêve chaque soir.

5. Quelle serait ta réaction si cette personne se disait amoureux(se) de ton ou ta meilleur(e) ami(e)?

a. Je m'amuserais à les mettre ensemble.
b. Je ressentirais un peu de jalousie. ♥
c. Beurk! Pauvre ami(e)!
d. Je serais triste et je vivrais de la déception. ★

6. Quelle attitude décrit le mieux ta façon d'être en sa compagnie?

a. Je suis moi-même.
b. Je suis parfois timide, d'autres fois, enthousiaste, mais je suis toujours de bonne humeur. ♥
c. Il m'arrive de perdre patience.
d. Je rigole sans arrêt, plus rien ne me dérange. Je me soucie aussi de mon apparence et de ce que je porte. ★

7. As-tu rêvé de cette personne dernièrement?

a. Je ne crois pas, mais si c'est le cas, je ne m'en souviens pas.
b. Oui, c'était trop bizarre!
c. Non, heureusement.
d. Souvent! ★♥

8. Quels qualificatifs le ou la caractérisent le mieux?

a. Gentil(le), sympathique, intéressé(e).
b. Drôle, amusant(e), mignon(ne), attirant(e).
c. Normal(e), gentil(le), ponctuel(le).
d. Beau(elle), sexy, drôle, intelligent(e), intéressant(e). ★♥

9. Où irais-tu avec cette personne?

a. À Disney, j'ai toujours rêvé d'y aller.
b. Au bout du monde! ★
c. Si on était seuls, je préférerais n'aller nulle part.
d. Là où elle le voudrait! ♥

Résultats

Compte 1 point pour chaque A
3 points pour chaque B
0 point pour chaque C
5 points pour chaque D

Une fois que j'ai répondu le plus honnêtement possible à toutes les questions, Émile fait le décompte avec concentration. Puis, il se met à crier:

— AAAAH!! Je le savais!!!

Je rougis.

— Qu'est-ce que ça donne? Montre-moi!!

J'essaie d'arracher la revue dans la main de mon ami, mais il se lève sur le lit pour m'en empêcher. Émile me repousse en riant.

— La conclusion, c'est que tu ressens la même chose pour P.-O. et pour Zac. Tu as eu entre 21 et 40 points pour les deux!

— Je ne te crois pas! Ça dit quoi?

Émile me repousse encore.

— Laisse-moi lire et tu vas le savoir!

— Non! Je veux lire moi-même!

Émile ricane.

— Pas question, c'est ma revue, c'est moi qui lis.

Je me rassieds en faisant semblant de bouder. Je sais que mon ami ne me donnera jamais le magazine, c'est peine perdue. Je le laisse donc me lire les résultats.

Entre 0 et 10

Toi, amoureux(se)? Certainement pas! C'est tout juste si cette personne est ton amie. Si les gens autour de toi essaient de te convaincre de te mettre en couple avec cette personne, respecte-toi et dis non!

Entre 11 et 20

Ce que tu ressens n'est probablement pas de l'amour mais de l'amitié. Il n'est pas impossible que cette amitié se transforme, mais pour cela, il faudrait que cette personne et toi passiez un peu de temps seul(e) à seul(e). Et si jamais l'amour ne vient pas, tu auras gagné un ou une ami(e) pour la vie!

Entre 21 et 40 ★ ♥

Il n'y a pas de doute, tu as le béguin, mais de là à dire que tu es complètement amoureux(se), peut-être pas encore. Cette personne te fait de l'effet et tu gagnerais à la connaître davantage. N'hésite pas à saisir toutes les occasions de te rapprocher d'elle, car qui sait, vous serez peut-être bientôt prêts pour un premier baiser...

Entre 41 et 50

Ça, c'est l'amour avec un grand A, ou en d'autres mots, le coup de foudre!!! Tu es même en train d'en perdre la tête. Surtout, continue de bien t'alimenter et de dormir, car si tu meurs, tu ne pourras pas vivre ce grand amour. Ne tarde pas avant d'avouer tes sentiments à l'être aimé. Qui sait, votre histoire sera peut-être racontée dans un film ou un livre un de ces jours!

★

— Franchement! C'est n'importe quoi, ta revue, Émile.

Mon meilleur ami me pointe du doigt en hurlant de rire.

— Tu ne te vois pas, Charlie Paradis-Mendez! Tu le sais très bien que tu es amoureuse de ces deux garçons-là, ou plutôt, que tu as le béguin. Et sais-tu ce qui est le plus génial?

— Non?

— C'est qu'avec tes trois identités, tu peux sortir avec les deux en même temps!

— FRANCHEMENT! ÉMILE! Je ne ferais jamais ça!

— Charlie, avoue au moins que tu as un intérêt.

— OK, j'ai peut-être le béguin, mais je ne suis pas a-mou-reu-se!

— Si tu veux! Et reconnais que tu les aimes pour des raisons différentes.

— C'est sûr! Ils ne sont tellement pas pareils.

— Je t'écoute.

— Bah! Zachary est gentil et attentionné, P.-O. est impressionnant et inspirant.

— Et les deux sont super beaux!

Je rougis en rigolant et je me lève du lit en lançant:

— Viens! On va se faire des crêpes!

Mon ami me suit en se moquant joyeusement de moi. Cette conversation me gêne, je n'y peux rien.

CHAPITRE 26

C'est un jour de soleil sans vent, une journée d'automne comme il s'en fait peu aux Îles. Nous avons convenu, Émile et moi, d'aller jusqu'à L'Étang-du-Nord. Mes amis m'ont parlé de cet endroit que j'ai envie de découvrir. Mon père a réussi à dénicher deux vélos encore en bon état, ils nous seront utiles pour la route.

La saison de la baignade est terminée, seuls les plus courageux enfilent des combinaisons pour faire du surf ou de la planche à voile. Je ne suis pas ce type de personne! J'aurais aimé découvrir les Îles-de-la-Madeleine au début de l'été pour profiter plus longtemps de la plage.

Tout comme moi, Émile est charmé par les petites maisons colorées des Îles. Il a lui-même une personnalité très colorée, c'est pourquoi je ne suis pas surprise de le voir s'émerveiller!

Mon meilleur ami freine, descend de son vélo et me demande:

— Si t'avais à choisir la couleur de ta maison, ce serait laquelle?

— Bonne question! J'aime bien le vert de celle où j'habite et j'en ai vu une orange très cool l'autre fois.

— Moi, elle serait jaune, avec les volets roses et le toit bleu royal!

— Wow! C'est vrai que ça serait beau, ça!

Nous sommes seuls, Émile et moi, et nous allons nous asseoir sur la plage. Mon ami joue avec ses doigts et fait craquer ses poignets. Je reconnais tout de suite cette attitude. Il est nerveux.

— Qu'est-ce que tu as?

— Rien, pourquoi?

— N'essaie pas, Émile Gagné, je sais que quelque chose te tracasse.

— C'est Rose.

— C'est qui, Rose?

— La fille que j'aime bien!

— Ah oui! Celle qui habite à Trois-Rivières?

— Oui!

— Qu'est-ce qu'elle a fait?

— Elle n'a rien fait! C'est moi.

— De quoi, toi?

Je ne comprends rien de ce que mon ami me raconte et on dirait qu'il fait exprès de rester vague, ça m'agace.

— Je me rends compte que je viens peut-être de trouver la femme de ma vie, mais je n'ai jamais embrassé personne avant elle.

Je plisse les yeux.

— De quoi tu parles?

— Imagine quand on va se voir! Si je l'embrasse, mais que je ne suis pas bon! À l'école, Clovis a dit à Maélie qu'il avait quitté Anna parce qu'elle embrassait trop mal. Et si ça m'arrivait?

J'éclate de rire et je propose à Émile de s'entraîner sur sa main. Il rigole, et le fait en rigolant. Je l'observe, tordue d'hilarité.

— Attention! Tu vas t'avaler la main, banane!

Mi-vexé, mi-amusé, Émile rétorque:

— Tu peux bien parler! Toi non plus, tu n'as jamais embrassé personne. Qu'est-ce que tu vas faire quand Zac va se pencher vers toi comme ça?

Mon ami s'étire le cou en me présentant ses lèvres. Je le repousse en pouffant.

— Idiot!

Il retrouve son sérieux.

— Non mais pour de vrai, Charlie, tu sais comment embrasser, toi? Tu seras prête à embrasser Zac ou P.-O. même si tu ne sais pas si tu le fais bien ou pas?

Ça y est, j'ai maintenant un doute sur ma capacité à embrasser un garçon. Émile a raison, si je gâche mon premier baiser, ce sera un flop qui me suivra toute ma vie! Je regarde l'horizon, songeuse. Qu'est-ce que je vais faire? Zac et P.-O. ont tous les deux déjà embrassé une fille. Je ne veux pas tout rater.

C'est à ce moment précis que je réalise que je suis effectivement amoureuse de ces garçons, car dans ma tête, je me vois les embrasser et dans les deux cas, j'ai des papillons dans l'estomac! MERDOUILLE!

Je me retrouve soudainement avec deux problèmes sur les bras:

1: Je ne sais pas embrasser.

2: Je suis amoureuse de deux garçons en même temps!

Émile me ramène sur terre en proposant la chose la plus absurde que j'ai jamais entendue:

— Charlie, t'es ma meilleure amie. Tu m'as vu dans les meilleurs comme dans les pires moments de ma vie. T'as toujours été honnête avec moi, même quand ce n'était pas facile de l'être. Je pense qu'on devrait s'embrasser et se dire comment on se trouve!

J'écarquille les yeux, bouche bée.

— T'es pas sérieux là?

— Oui, je suis sérieux! On pourrait s'entraîner et se donner des conseils.

— Mais t'es comme...

— Ton frère, je sais! Mais la vérité, c'est qu'on n'a aucun lien de parenté, toi et moi, alors c'est tout à fait légal de le faire. Moi, je serais prêt à te le dire si tu baves trop. Zac, lui, il va seulement te trouver dégueulasse!

J'éclate d'un rire nerveux. Émile est complètement fou, mais à la fois tellement lucide. Il a raison, je dois saisir cette occasion. Si je me plante, autant que ce soit avec mon meilleur ami et non avec l'amour de ma vie!

— OK, je suis partante!

Émile est suspicieux.

— Pour de vrai?

— Oui, oui, pour de vrai! On le fait!

— OK! Attends!

Mon ami fouille dans le sac qu'il porte à la taille et en sort un paquet de chewing-gums.

— Bonne idée! Donne-m'en un aussi!

Nous prenons chacun notre chewing-gum que nous mâchons en regardant le large. Je ne peux pas croire que je m'apprête à embrasser mon meilleur ami. J'espère que ça ne sera pas trop dégueulasse. Je dois garder en tête que c'est un entraînement et que nous ne le faisons pas pour de vrai, seulement par devoir. Je prends une grande inspiration avant de demander:

— Tu es prêt?

Émile passe ses mains sur son visage, puis se tourne vers moi. Je m'approche, mais rapidement, il insère sa main entre nos deux visages.

— Attends! Je ne suis pas prêt.

Je sors mon chewing-gum de ma bouche et le lui tends.

— Tiens, on peut commencer par échanger nos chewing-gums, ce sera un début.

Émile regarde la petite boule blanche mâchouillée entre mes doigts, grimace et saisit la sienne pour me la donner. Je la prends et je la porte à ma bouche, mon ami fait pareil.

Ce n'est pas si mal, le chewing-gum a le même goût que le mien. Après plusieurs coups de mâchoires, je le reprends entre mes doigts et je le colle dans le paquet vide en avouant:

— OK, je suis prête.

Émile fait comme moi.

— OK! Moi aussi.

Nous nous regardons intensément. Je cherche le courage au fond de moi.

— Ferme tes yeux, Émile!

Je m'approche un peu, encore plus, encore un peu et hop! Émile s'avance d'un coup et vient coller ses lèvres contre les miennes. On reste ainsi fusionnés pendant quelques secondes, puis on s'éloigne. Je demande:

— Et alors? C'était comment?

Émile est sous le choc, comme moi, et probablement autant déçu que je le suis.

— Je pense qu'on est nuls tous les deux, Charlie!

Nous rigolons.

J'admets:

— T'as raison, ça, c'était un bisou, pas un baiser. Il faut bouger les lèvres, un peu comme si l'autre était une crème glacée.

— Comme si j'étais une crème glacée?

J'éclate de rire.

— Tu sais ce que je veux dire!

— Oui, OK, t'as raison! On recommence?

— Oui, on recommence!

Émile ferme ses yeux. Cette fois, je suis plus rapide: je mets directement ma bouche sur la sienne et j'imagine que mon meilleur ami est un cornet de crème glacée. J'ai un petit frisson quand sa langue touche la mienne. En m'imaginant que c'est Zac, j'apprécie de plus en plus l'exercice. Puis, je m'imagine aussi avec P.-O., et le moment est tout simplement magique.

J'ai les yeux fermés et j'embrasse en alternance P.-O. et Zac. C'est doux, c'est chaud, ce qu'ils embrassent bien! Tout se termine avec un petit bisou velouté. J'ouvre tranquillement les yeux et Émile me demande:

— Alors? J'étais comment?

Déçue de revenir à la réalité, je suis honnête avec lui:

— T'étais parfait! Rose va adorer! Et moi?

— Comme toujours, Charlie, t'as assuré! J'en suis tout à l'envers.

— J'espère que tu ne m'en voudras pas, mais j'ai imaginé que t'étais Zac et P.-O.

— HA! HA! Toi, tu étais Rose!

Nous rigolons, submergés par un mélange de malaise et de satisfaction. C'est fait, je viens d'embrasser un garçon et si j'oublie que c'était mon meilleur ami, je donne la note de 10/10 à ce moment! Je suis maintenant prête à le faire avec un autre. Mais avant, je dois encore choisir entre Zac et P.-O., car sortir avec les deux à la fois n'est pas une option!

CHAPITRE 27

Les quatre jours avec Émile ont passé si vite que j'ai l'impression qu'il est arrivé hier. Malheureusement, aujourd'hui, c'est lundi, et mon ami a un avion à prendre. Sa visite m'a rendue incertaine d'avoir pris la bonne décision en déménageant ici. Mes nouveaux amis sont bien, mais jamais autant qu'Émile. Il n'y a qu'avec lui que je me sens complètement moi-même, il n'y a que lui qui comprend réellement mes blagues. En ce moment, je n'ai pas envie de le laisser partir.

— Peut-être que tu pourrais vivre en pension chez nous cette année?

— J'aimerais bien être avec toi, Charlie, mais ma famille me manquerait trop.

Je baisse la tête, je sais que mon idée est ridicule. Autant avant la venue d'Émile, je me disais que la vie aux Îles était belle, autant maintenant, je veux rentrer avec lui.

Plantée devant la porte de l'aéroport, des larmes coulent sur mes joues.

— Tu vas trop me manquer!

— On se revoit dans trois mois, ma chérie!

— C'est trop looooong!

Je serre mon meilleur ami de toutes mes forces dans mes bras quand il me dit:

— N'y pense même pas, Charlie! On ne va pas s'embrasser sur la bouche! Ce n'était qu'un entraînement, n'oublie pas.

Je ris et je le repousse.

— Idiot!

Je sais qu'Émile dit ça pour me faire rire et ça fonctionne! Malgré ma peine et ma volonté de vouloir remonter le temps (ou l'arrêter), rien de ça n'arrive. L'avion est pile à l'heure et c'est le cœur noyé de chagrin que je laisse Émile quitter les Îles.

De retour chez moi, je vais dans mon studio frapper sur ma batterie, en espérant que ça m'aide à me consoler.

Je suis en plein défoulement thérapeutique quand mon téléphone vibre dans ma poche. Je m'arrête pour regarder qui me texte.

Salut Charlie! J'aimerais inviter ta sœur au cinéma, tu penses qu'elle voudrait?

P.-O.

Je porte ma main à ma bouche, je n'y crois pas!

Moi qui me demandais quel garçon choisir, on dirait bien que ce sont eux qui ont choisi pour moi. Je reprends mon téléphone et je réponds:

Salut P.-O., d'après moi elle dira oui… Demande-lui.

Charlie

Cool! Merci man! As-tu ses coordonnées pour que je la texte?

P.-O.

Je réalise que je dois rapidement me créer un compte de *chat* en ligne au nom de Lily si je veux pouvoir communiquer avec P.-O. Ce serait trop bizarre que ce soit Charlie qui joue les entremetteurs. Je me dépêche de créer un faux profil que j'envoie à P.-O. Quelques minutes plus tard, Lily reçoit un message.

P.-O.

Salut Lily, c'est Pierre-Olivier, tu sais, le gars qui t'a redonné ton téléphone quand tu l'as fait tomber à côté de la poubelle!

Lily

Salut! Oui, je me souviens de toi.

P.-O.

C'est ton frère qui m'a dit comment te joindre, est-ce que ça te va?

Lily

Oui, oui... Même si je vais l'étrangler après!

P.-O.

😆

P.-O.

Et si tu me parlais de toi? Qu'est-ce que tu aimes faire comme activité?

Comme je connais le but de ces messages, je décide d'aider un peu P.-O. dans sa démarche.

Lily
Je suis fan de cinéma.
J'aime les films et les séries.

P.-O.
Ah oui ? Ça tombe bien, c'est ma deuxième passion ! Justement, il y a un bon film demain soir au cinéma, est-ce que ça te tente qu'on aille le voir ensemble ?

Lily
OK, pourquoi pas !

P.-O.
Cool ! On se voit demain à l'école ?

Lily
Peut-être !

P.-O.
Peut-être ?

Lily
S'il n'y a pas de tremblement de terre ou que je n'attrape pas la gastro ! 😁

P.-O.

😁 Si t'es comme ton frère, je n'ai pas vraiment de chance de te croiser, on ne le voit jamais, lui!

Lily

HA! HA! Mon frère est assez solitaire.

P.-O.

C'est ce qu'il nous a dit. Si on ne se voit pas demain, on s'attend après l'école?

Lily

OK!

P.-O.

Cool! À demain!

Lily

À demain. 🙂

P.-O.

🙂

Je dépose mon téléphone. Je n'y crois pas! J'ai un rendez-vous avec P.-O. demain!!! Étrangement, la première question qui me vient en tête, c'est «Qu'est-ce que je vais mettre?». Je rêve ou j'ai maintenant trois personnalités? Jamais la Charlie-fille ne se poserait cette question! C'est Lily, la fille à la mode! Et le Charlie-garçon, on n'y pense même pas!

Heureusement qu'avec Émile, j'ai pris le temps de créer des combinaisons parfaites. Je m'empresse de quitter le studio pour rentrer dans la maison et choisir la plus belle tenue.

J'essaie plusieurs vêtements, mais je me trouve complètement ridicule. Étrangement, c'est plus fort que moi, je dois décider dès maintenant ce que je vais porter demain. Je texte Émile pour avoir ses conseils. Il doit être sur le point d'arriver à Québec, ça fait près de trois heures qu'il est parti.

YO! Émile! Je panique! P.-O. m'a invitée au cinéma demain soir, j'ai besoin de tes conseils.

Charlie

QUOI? COOOOL!!!

Émile

Rappelle-toi, il ne faut pas trop sortir la langue et donner des petits bisous sans laisser ta bouche toujours ouverte. Surtout, n'oublie pas d'apporter un chewing-gum! Le pop-corn, ça donne une haleine de pet!

Émile

HAHA! Idiot, je pensais plus à des conseils vestimentaires!

Charlie

Des conseils vestimentaires? Qui êtes-vous? Qu'avez-vous fait de mon amie Charlie?

Émile

Je ne sais pas ce qui me prend... On dirait que j'ai peur de ne pas porter ce qu'il faut.

Charlie

Oh!!! Ça veut dire que ton petit béguin se transforme tranquillement en histoire d'amour, comme disait le test! ♥

Émile

Arrête de m'embêter et aide-moi stp.

Charlie

T'en fais pas, chérie, on va te faire un look d'enfer! Je t'appelle en vidéo dès que je rentre chez moi!

Émile

♥

Charlie

CHAPITRE 28

Ce matin, rien ne va. Je suis nerveuse pour tout à l'heure, les vêtements que nous avons choisis, Émile et moi, ne me plaisent plus. J'ai essayé de me maquiller un peu comme Émile le ferait et j'avais plus l'air d'un raton laveur que d'une femme fatale. Je suis dans la salle de bain à essayer de me débarbouiller quand mon père me crie de me dépêcher. Arrgghh!!!

Je finis par partir pour l'école, pas aussi belle que je l'avais imaginé. En arrivant, je rejoins mes amis, un peu plus tendue que d'habitude. C'est bizarre, on dirait que j'espère ne pas croiser P.-O. alors que j'aimerais aussi le voir.

Avant notre premier cours, Jeanne me demande:

— Est-ce que ça te tente de venir manger chez moi ce midi? Alice doit rester à l'école.

Cette idée me plaît. Moins je passe de temps dans l'école à devoir gérer ma triple identité, mieux je me sens!

La matinée finit par passer en me permettant d'éviter P.-O. Il est peut-être tout aussi gêné que moi, ce qui m'arrange pour l'instant. Au son de la cloche, Jeanne et moi quittons l'école ensemble. Je me demande si elle accepterait que je vienne manger chez elle tous les midis. Je lui poserai la question plus tard.

Jeanne me tend son téléphone pour me montrer une photo de moi sur scène avec Caravane.

— Celle-là, c'est ma préférée!

— Oui! Moi aussi, je l'aime trop! Regarde ma tête, j'ai vraiment l'air d'être sur un nuage!

— J'aurais aimé être là pour voir ça!

— Oui, t'as manqué quelque chose!

— Sans exagérer, quand tu m'as envoyé ces photos-là, j'en ai eu les larmes aux yeux!

— Ha! Ha! T'es trop émotive!

— Bah, juste avec les gens que j'aime.

Jeanne me sourit gentiment, je lui renvoie un sourire sincère.

— Et toi? Tu as fait quoi pendant ce long week-end?

— Pas grand-chose, je me suis tapé trois saisons d'*Ancienne famille*.

— Ah oui! C'est drôle, cette série-là!

— Si t'aimes bien, on pourrait la regarder ensemble un de ces soirs.

— Oui, ce serait cool!

Nous entrons dans la maison, affamées. Nous mangeons rapidement, puis Jeanne m'invite à aller nous poser dans sa chambre.

La première chose que je vois en entrant, ce sont les dizaines de photos qu'elle a affichées au mur. Certaines datent de plusieurs années et d'autres sont plus récentes. Jeanne était trop mignonne quand elle était enfant, elle a l'air d'un petit ange!

Je pointe un portrait de moi au milieu de tous les clichés.

— Hé! C'est moi!

Jeanne passe ses bras par-dessus mes épaules et m'étreint en révélant:

— Oui! T'es belle, hein?

— Ha! Ha! Bah, normale!

— Non, t'es super belle!

La joue de Jeanne est collée sur la mienne. J'ai rarement rencontré une fille aussi gentille et chaleureuse qu'elle.

— T'es gentille! Hé! Je ne t'ai jamais dit merci pour tout ce que tu as fait pour moi.

— J'ai rien fait!

— Arrête! Tu m'as fait une place dans ton groupe et tu as été ma première amie aux Îles! Ma première et la meilleure!

— Ta meilleure amie? Vraiment?

— Je sais que je ne suis pas ta meilleure amie, c'est normal, je viens tout juste de déménager ici, mais toi, tu es la mienne aux Îles.

Jeanne me prend par les épaules et me tourne face à elle.

— Je suis juste ta meilleure amie, t'es certaine?

Je fronce les sourcils. Que peut-elle être de plus?

Soudain, elle approche sa bouche de la mienne et m'EMBRASSE!!! Surprise, je me fige, sans essayer de la repousser. Moi qui croyais que mon premier baiser officiel serait celui de P.-O. ce soir! Mais pourquoi fait-elle ça? Je ne savais pas qu'elle était lesbienne! Pourquoi je ne l'arrête pas? Peut-être parce que je trouve qu'elle embrasse encore mieux qu'Émile. Pour être gentille, je la laisse terminer.

— Euh? Je... Jeanne... Je...

Jeanne sourit timidement, c'est la première fois que je la vois gênée.

— Je me suis permis de t'embrasser parce que j'ai croisé un garçon au resto du week-end, le grand qui joue dans Les Voyous. J'allais sortir et lui rentrait, il m'a saluée et m'a demandé: «C'est toi la petite amie de Charlie?» J'ai répondu: «Qui t'a dit ça?» et il m'a répondu: «C'est Charlie!» J'ai compris. Je savais qu'il y avait quelque chose de spécial entre nous deux, mais je n'étais pas certaine de tes intentions. Mais quand il a dit ça, ça m'a confirmé que tu avais dit à quelqu'un que tu étais intéressée par moi. Depuis quand es-tu amie avec lui?

MERDOUILLE, P.-O.!!! Quelque chose de spécial entre nous deux? Jeanne est mon amie et je n'ai jamais eu l'impression qu'il y avait plus que ça entre nous, je n'y ai même jamais pensé. Je ne sais plus quoi dire, je ne veux pas gâcher notre amitié. Comment est-ce que j'ai fait pour me mettre dans cette situation? C'est complètement ridicule!

— Euh... je ne sais pas si... J'ai peut-être dit ça, mais pas vraiment comme ça... C'était pour rire...

Jeanne change de ton, je sens que je viens de l'insulter.

— Tu as dit qu'on sortait ensemble pour rire? Tu plaisantes?

— Non, non... Euh... je ne sais pas, il a dû mal comprendre...

Idéalement, s'il pouvait y avoir un tremblement de terre maintenant, ça m'aiderait à me sortir de ce moment embarrassant.

Pourquoi Dame Nature ne fait jamais rien au bon moment?

— Sérieux Charlie, je ne te comprends pas.

Mon amie s'éloigne. Je panique, je dois sauver mon amitié et épargner Jeanne. Je ne savais pas qu'elle s'intéressait aux filles, je n'ai jamais voulu lui faire de peine. Je n'avais jamais pensé me mettre en couple avec une fille non plus. Je suis confuse, profondément confuse.

— Je... j'ai besoin de temps. Je...

Mon amie redevient attentionnée, comme elle sait si bien l'être.

— Tu ne t'assumes pas encore complètement, c'est ça? Je te comprends... Mais pourquoi tu as dit ça au garçon alors?

— Pour de vrai, je l'ai dit en blaguant... mais... je...

Jeanne empoigne ma main et doucement, elle me dit:

— Relax, Charlie. On peut prendre notre temps. Moi non plus, je ne suis pas 100 % assumée. Il y a juste ma sœur et Sophia qui le savent... On peut garder ça secret et voir comment ça va. On n'est pas obligées de sortir ensemble officiellement tout de suite. On va juste laisser aller les choses, si tu veux.

Idéalement, il faudrait que je lui avoue que j'ai déjà un rendez-vous avec P.-O. Idéalement, je devrais lui dire que Zac aussi m'intéresse. Et idéalement, je devrais clarifier mon orientation sexuelle avec elle. Alors pourquoi je réponds ceci:

— OK.

CHAPITRE 29

Pendant l'après-midi, je me repasse en boucle ce qui s'est passé à l'heure du midi avec Jeanne, et je suis à l'envers. À la pause, je me cache dans les toilettes pour être seule. Quand la cloche sonne la fin des cours, je m'empresse d'y retourner en attendant que l'école se vide. Jeanne me texte.

T'es où ?

Jeanne

Déjà dans le bus, on se voit demain ?

Charlie

T'es partie vite ! Et on ne t'a même pas vue à la pause. Tu m'ignores ?

Jeanne

Non, j'avais un mal de tête ! Je suis allée me chercher de l'aspirine à la pause.

Charlie

☹ T'aurais dû venir me voir, j'en avais dans mon casier.

Jeanne

Mon cœur bat à cent milles à l'heure, dans quoi je viens de m'embarquer? Pourquoi autant de mensonges? Mon téléphone vibre. Lily a reçu un message.

P.-O.

T'es où ?

Lily

J'arrive dans pas longtemps, j'ai quelques trucs à faire.

Je laisse le temps passer, les voix dans l'école s'estompent. C'est le moment de mon rendez-vous, je ne dois plus me tourmenter avec les problèmes de Charlie, je suis Lily! Je dois rejoindre P.-O. en face de la sortie principale. Mes mains tremblent, j'ai chaud, je pense que je ne survivrai pas jusque-là. Je me sens déjà rougir et il n'est même pas devant moi. C'est sûr, je vais m'évanouir! Je sors des toilettes pour aller chercher mon manteau et ranger mes classeurs. En refermant la porte, je sursaute à cause d'une voix connue derrière moi.

— Salut!

Mais qu'est-ce qu'il fait là? Je me retourne.

— Salut P.-O.!

Il me sourit. Je fais pareil. Je ne sais pas quoi dire, je perds mes mots, je perds la tête. C'est lui qui brise le silence en premier:

— On y va si on veut arriver à temps pour le film?

— C'est combien de temps de marche?

— On ne sera pas à pied! J'ai un scooter!

Il lève ses bras pour me montrer qu'il tient deux casques dans ses mains. Je suis tellement fébrile que j'en ai perdu mon sens de l'observation.

— Sérieux? C'est cool ça!

P.-O. sourit, ce qu'il est beau! Je n'ai peut-être pas perdu TOUS mes sens, finalement!

L'école est devenue presque déserte, je me sens mieux quand il n'y a plus de gens autour.

Les bus sont tous partis, il n'y a que lui et moi.

Nous marchons en direction du parking.

— C'est fou comme tu ressembles à ton frère. Vous bougez de la même façon, vous marchez de la même façon.

Embarrassée, je rigole sans conviction.

— On est des jumeaux identiques.

— C'est clair, ça se voit!

P.-O. me pointe son scooter, je mets le casque sur ma tête et je monte derrière lui. Je m'agrippe à sa taille, je veux que le temps s'arrête maintenant! Nous filons tout droit jusqu'au cinéma.

L'endroit n'a rien à voir avec le Cinéplex Odéon à Québec, mais l'important, ce n'est pas où on est, mais bien avec qui on s'y trouve!

P.-O. insiste pour payer mon billet. Je trouve ça mignon, mais un peu vieux jeu! J'aimerais m'acheter un pop-corn, mais je me souviens qu'Émile m'a dit que ça donnait une haleine de pet, alors je me ravise et je choisis un sac de bonbons et un paquet de chewing-gum.

Une fois que nous sommes assis, que les lumières sont éteintes et le film commencé, je cesse de respirer. Que va-t-il se passer maintenant?

Est-ce que c'est à ce moment que P.-O. va tenter de m'embrasser? Est-ce que je devrais approcher ma main de la sienne ou du moins mon genou? Malgré le fait que j'ai affreusement envie de me rapprocher de lui, je reste figée comme une chèvre apeurée.

Une chèvre apeurée devient toute raide et se jette sur le dos comme une statue de marbre. PAF!

Je suis cette chèvre.

P.-O. se gratte le front et redépose sa main sur l'accoudoir, un peu plus près de la mienne, mais pas assez pour y toucher. Je fais pareil et je prends soin de mettre la mienne encore plus près. Mais aussitôt, il se retire. Zut! Il n'est peut-être pas aussi intéressé que je le croyais. Il replace son pantalon et OH! Il pose sa main sur la mienne!!!

Je n'ose pas le regarder, je fixe le film mais je ne le vois pas, mon cœur s'agite. Si mon frère savait que je suis en train de flirter avec le chanteur de son groupe, il s'énerverait!

Comme je suis conne! Je suis mon frère!

Je n'ose pas tourner la tête par peur que P.-O. tente de m'embrasser. Ce n'est pas que je n'en ai pas envie, c'est juste que je suis trop timide. Et pour être honnête, je me demande si ça se fait d'embrasser deux personnes différentes dans la même journée. Est-ce que Jeanne compte pour mon premier baiser ou pas?

Finalement, le générique de la fin apparaît et moi, j'ai un affreux mal de cou. Je crois que je suis restée figée trop longtemps dans la même position.

P.-O. et moi sortons du cinéma main dans la main.

— Je te raccompagne!

— OK.

Le scooter s'immobilise devant chez moi, P.-O. coupe le moteur et retire son casque en même temps que moi.

— Tu penses que ton frère est là? J'irais lui dire salut.

— EUH... Il est malade!

— Ah oui? Bon. Tu le salueras de ma part.

Appuyé sur son scooter, P.-O. demande:

— Et si on s'embrassait?

J'éclate de rire.

— Pourquoi tu ris?

— Je ne m'attendais pas à ce que tu poses la question.

— Et le consentement, qu'est-ce que t'en fais?

Avec un sourire en coin, je regarde P.-O. en rougissant. Il s'avance vers moi, je me hisse sur la pointe des pieds et il colle ses lèvres contre les miennes. J'ai des feux d'artifice dans la tête! Oh! Mais… Comme c'est étrange! On dirait que Jeanne embrassait mieux que lui… Mais pourquoi je pense à Jeanne en embrassant le garçon de mes rêves? Charlie, reste concentrée!!! Je veux dire Lily… Ah non! Je pense encore!

Notre baiser terminé, P.-O. remonte sur son scooter.

— À demain, Lily!

— À demain!

J'attends qu'il soit parti pour entrer dans la maison et courir dans ma chambre. Je dois vite aller crier dans mon oreiller, sinon je vais exploser!

AAAAAAAAAHHHHHH!

Une fois la pression relâchée, je prends mon téléphone que j'avais mis en mode silencieux pendant le film. Ouf! Autant de messages en si peu de temps!

Émile me bombarde de questions, mon père m'informe qu'il va prendre un verre avec un ami, ma mère veut savoir si je vais bien, car je n'ai pas donné de nouvelles depuis deux jours et Zac…

Salut Charlie ! Qu'est-ce que tu fais ce soir ?

Zac

Salut ! Pas grand-chose, je suis seule chez moi.

Charlie

Est-ce que je peux passer ? J'aimerais te parler de quelque chose à propos de Jeanne.

Zac

Là ??

Charlie

Oui...

Zac

OK, mais de quoi tu veux parler ?

Charlie

C'est mieux en personne, j'arrive !

Zac

Mon cœur s'arrête. Jeanne a sûrement raconté à son cousin ce qui s'est passé entre elle et moi. Qu'est-ce que je vais bien pouvoir dire à Zachary? Oui, j'ai dit que Jeanne était ma copine, oui, je l'ai embrassée... Mais ce n'est pas ce qu'il pense! Merdouille! Je suis dans la merdouille!!

CHAPITRE 30

Je ne suis même pas encore redescendue du petit nuage sur lequel P.-O. vient de me faire grimper que Zac m'annonce qu'il arrive chez moi pour me parler de Jeanne, et ça me scie les jambes! Pourquoi je ne peux pas vivre une vie normale et profiter de mes petits bonheurs?

Je m'assieds sur le divan et j'allume la télévision (que je ne regarde pas réellement), mais ça, personne ne le sait sauf moi. Même Maracas n'y voit que du feu et vient se coucher sur mes genoux, comme il a l'habitude de faire quand je regarde une série. Puis, c'est sans surprise que j'entends Zac frapper à la porte. Mais je fais comme si je ne m'y attendais pas, comme si j'avais eu le temps d'oublier qu'il venait. Je suis une femme indépendante, et surtout, ça m'aide à être plus détendue quand je fais semblant de l'être!

Je crie:

— Entre!

Zac passe la porte, complètement détrempé. Il rigole:

— J'avais pas vu qu'il pleuvait comme ça quand je t'ai textée.

Parler de météo, quelle bonne idée! Ça, c'est relaxant!

— Quoi? Il pleut? Ça vient juste de commencer parce qu'il ne pleuvait pas il y a dix minutes.

— La météo des Îles!

Mon ami grelotte. Je lui propose une serviette que je vais chercher pendant qu'il retire son manteau et ses chaussures. Je suis tellement stressée que je tremble moi aussi.

— Tiens!

— Merci. Comme ça, t'es seule à la maison?

— Mon père est avec un ami.

— Ah oui, c'est vrai, tes parents sont séparés. Est-ce que ça fait longtemps?

— Depuis que je suis bébé.

Mon ami s'assied sur le divan. Il semble plus timide et nerveux que d'habitude, comme moi! Je viens littéralement de me ronger l'ongle du pouce jusqu'au sang!

— Je voulais te parler de ce que Jeanne t'a dit l'autre fois.

Sans indice, je ne comprends absolument pas de quoi Zac me parle. Il a dit «l'autre fois», il ne doit pas faire allusion à cet après-midi. Mais alors de quoi parle-t-il?

— Ce qu'elle m'a dit... À propos de quoi?

— À propos de moi, du fait que je sors avec plein de filles.

SOULAGEMENT! Jeanne n'a rien révélé à propos de notre baiser de ce midi. Je soupire, je me sens plus sereine, ouf!

— Ahhh! Çaaa! Oui, qu'est-ce que ça change?

— Ça change qu'elle exagère! Ce n'est pas vrai! Elle dit ça juste parce que je suis déjà sorti avec une de ses amies et que je l'ai laissée après deux semaines. Son amie lui a dit que je l'avais fait marcher, mais ce n'est pas vrai ça non plus. Je me suis juste rendu compte qu'on n'était pas faits pour être ensemble. Quitter une fille avec qui ça ne fonctionne pas, ce n'est pas la faire marcher, il me semble!

Je hausse les épaules.

— Je ne pense pas, non. Mais pourquoi tu me dis ça?

Zac soupire, se gratte les cheveux et m'avoue avec gêne:

— Parce qu'au début, j'avais l'impression que tu t'intéressais un peu à moi, mais après qu'elle t'a dit ça, t'as vraiment changé. Ton attitude, ton look, tout! Et comme j'avais dit aux filles que j'aimais ton style et comment tu es, je me suis dit que peut-être que tu faisais ça pour que je ne m'intéresse plus à toi.

Zac fait une pause et moi, je tente de respirer normalement et de ne pas rougir, mais je devine que c'est probablement sans succès.

— C'est important pour moi que tu saches que je ne suis pas comme ça. En tout cas, pas aussi horrible que ce que ma cousine dit. Et que je m'intéresse encore à toi, même si t'essaies de me faire changer d'avis.

Je suis totalement bouche bée. Rien de ce que j'ai fait n'était à cause de Zac. J'aimerais lui dire la vraie raison de ma transformation et en finir avec ce mensonge, mais je n'y arrive pas. J'ai peur qu'il me juge et qu'il me trouve conne. Je me retrouve sans explication logique à tous ces changements. Qu'est-ce que je suis censée faire? Le laisser croire que je suis folle au point de changer complètement à cause de lui?

Devant mon silence, Zac continue.

— Si je te promets que je ne te ferai pas marcher, est-ce que tu accepterais qu'on essaie de sortir ensemble?

QUOI? On en est là? Déjà! Pourquoi je n'ai rien vu venir? Être un peu plus proches, oui! Passer plus de temps ensemble, OK... Mais sortir ensemble? Zachary, pourquoi tu fais ça?

Je dois dire non! Il y a moins d'une demi-heure, j'étais en train d'embrasser P.-O. et ce midi, c'était Jeanne!!! Je dois dire non, ma vie est déjà assez compliquée comme ça. Mais d'un autre côté, je ne suis pas certaine que Zac ne m'intéresse pas plus que P.-O. Et si c'était lui, l'homme de ma vie? Qu'est-ce que je dois faire?

Zac s'avance tranquillement vers moi. Je ferais mieux de reculer. Je sais qu'il le fait lentement pour me laisser le temps de le repousser ou de dire non. Il y va tout en douceur, en me regardant dans les yeux. J'ai cent fois le temps de refuser, amplement le loisir d'arrêter tout ça, mais je ne le fais pas. Sa bouche se colle contre mes lèvres, comment ai-je pu le laisser faire? Me voilà en train d'embrasser une troisième personne dans la même journée. C'est irréel! Émile va halluciner... J'HALLUCINE! Je dois tout arrêter!!!

Alors que ma langue est en train de danser avec celle de Zac, je me décide à lui dire d'arrêter quand j'entends une voiture arriver dans l'entrée. C'est mon père! Sauvée! Je me recule rapidement. Zachary me sourit tendrement, ce qu'il est mignon! Je retrouve rapidement mon souffle. Papa entre dans la maison.

— Salut.

— Salut papa!

Je me lève, nerveuse.

— T'as passé une belle journée?

Mon père voit bien que je ne suis pas naturelle.

— Euh, oui... Et vous deux?

— Oui, oui, Zac s'en allait, là.

— Salut Zac.

Papa ajoute:

— Tu vas rentrer avec cette pluie? Je peux aller te reconduire, si tu veux.

— Non, non, ça va aller, je ne suis pas fait en chocolat!

— Comme tu veux.

Mon père retire son manteau et s'éloigne du salon. Zac me chuchote:

— Attends, tu ne m'as presque rien dit. Tu veux être ma copine ou pas?

Que dois-je répondre? Je ne veux pas dire non, mais je ne veux pas dire oui non plus.

Devant mon interminable silence, Zachary finit par dire:

— Excuse-moi Charlie, je débarque comme ça sans prévenir. Écoute, oublie ça.

Merdouille, Zac est en train de penser que je ne suis pas intéressée. Mais ce n'est pas ça le problème!

Mon ami se lève, met ses chaussures et son manteau, tire sur son capuchon et ouvre la porte pour sortir. J'ai l'impression d'être en train de perdre quelque chose. Je sens que je fais une erreur. Sans réfléchir, je lui lance:

— C'est oui!

Zachary se tourne vers moi, surpris!

Il sourit timidement, retire son capuchon, s'avance d'un pas, attrape ma main, la porte à sa bouche et l'embrasse. Je fonds! Il me tire ensuite délicatement vers lui, m'empoigne à la taille et m'offre un long baiser. Pas de langue, pas de crème glacée, juste un long bisou que je savoure du début à la fin. Puis, il s'en va.

Je rentre dans la maison, cours dans ma chambre et j'envoie un message audio à Émile pour lui raconter toute la journée! Mon ami me texte quelques secondes plus tard.

QUOI ? Tu te fous de moi ! Ça ne fait même pas un jour que je suis parti et t'as déjà embrassé deux garçons et une fille ! HAHAHAHA !

Émile

C'est pas drôle, je ne sais plus quoi faire.

Charlie

Tu t'intéresses à Jeanne aussi ?

Émile

C'est pas pareil, je ne veux pas lui faire de peine, je ne veux pas la perdre comme amie.

Charlie

Pour les deux garçons, je t'ai déjà donné mon opinion là-dessus.

Émile

C'est quoi déjà ton opinion ?

Charlie

Charlie sort avec Zac et Lily avec P.-O. De toute façon, dans un an ou deux, tu seras de retour ici et tu devras les quitter tous les deux.

Émile

C'est facile à dire, ça, mais à l'école, je fais quoi ?

Charlie

T'as juste à leur dire que t'es timide et que tu ne veux pas que vous montriez votre amour en public.

Émile

Franchement ! Ça n'a pas de sens !

Charlie

ENFIN ! J'essaie de t'aider, moi ! C'est toi qui t'es mise dans la merde, pas moi !

Émile

Je sais... 🙁

Charlie

Émile abandonne notre conversation de textos et m'appelle en vidéo.

— Écoute Charlie, dans ton histoire, il y a un des deux garçons qui sort avec la vraie toi et l'autre, avec ta sœur inventée. Il me semble que si tu dois choisir, le choix est simple, non?

Je me prends la tête, je ne trouve pas que ce soit si facile. J'ai peur de perdre ma meilleure amie! Peur de perdre mon groupe. Et quand Zachary va apprendre ce que j'ai fait, j'ai peur de le perdre lui aussi.

— Pourquoi tu n'avoues pas tout à Jeanne? C'est ton amie, elle comprendra, non?

— Non! Jeanne... Jeanne est trop Jeanne.

— Jeanne est trop Jeanne? De quoi tu parles, Charlie?

— Émile... c'est vraiment bizarre. C'est elle qui embrassait le mieux dans les trois.

— Normal, c'est une fille!

— Oui, mais je ne suis pas censée trouver qu'une fille embrasse bien, non?

— Euh... Pourquoi pas? Attends, t'es certaine que Jeanne est juste une amie?

— Émile, je ne suis plus certaine de rien! On se rappelle!

Je raccroche, j'ai besoin de réfléchir. Je me couche dans mon lit, je mets mes écouteurs sur ma tête et j'écoute un peu de Caravane pour m'aider à y voir plus clair. C'est pendant la chanson *Karma* que mes pensées s'organisent.

Je revois le chanteur sur scène pendant le spectacle. Je repense à son tatouage. Puis, j'entends les mots qu'il m'a dits en sortant de scène: «Un groupe, c'est comme une famille.» Il a raison, personne ne ment à sa famille comme je suis en train de faire avec Les Voyous.

Le problème part de là. Je dois dire la vérité aux garçons et après, je verrai bien où tout ça va me mener. Ça suffit, les mensonges!

CHAPITRE 31

J'ouvre les yeux en sursaut. La musique joue encore dans mes écouteurs, qui sont tombés sur mon oreiller. Encore ébranlée par les rêves que j'ai faits cette nuit, je mets un moment à réaliser que nous sommes le matin. J'arrête mon alarme, j'arrête ma musique et peu à peu, je reviens à la réalité. Ça y est, c'est aujourd'hui que j'avoue tout.

Toute cette histoire a assez duré!

Je texte les membres du groupe pour organiser une rencontre d'urgence immédiatement après l'école. C'est à ce moment que je leur révélerai que je suis une fille! P.-O. va m'en vouloir, mais quoi qu'il arrive, j'assumerai les conséquences. De toute façon, je ne peux plus continuer comme ça.

Je fais ma routine du matin à moitié concentrée, trop perdue dans mes pensées et dans mes scénarios improbables de révélation de la vérité. Je décide aussi de me rendre à l'école avec mon look normal. Pas de jupe, pas de bandana, parce que je ne veux pas que P.-O. me prenne pour Lily plus longtemps. Lily n'existe pas!

Je suis affreusement stressée à l'idée de dire la vérité, mais je crois que je me sentirai mieux quand ce sera fait. Enfin, dans ma tête, c'est ce que je me suis imaginé. Je n'ai jamais voulu salir la mémoire d'Éva-Rose, l'ancienne batteuse, et j'espère que les garçons le comprendront. C'est d'ailleurs pour ne pas lui manquer de respect que je me suis entortillée dans tous ces mensonges.

Mon père propose de me déposer à l'école, j'accepte. Sur la route, il voit bien que j'ai la tête ailleurs.

— Est-ce que tout va bien Charlie?

— Moyen... C'est aujourd'hui que je vais avouer à mon groupe que je ne suis pas un garçon.

Mon père s'étonne et hausse le ton immédiatement:

— QUOI? Tu ne leur as pas encore dit la vérité?

— Je n'ai pas été capable...

— Tu aurais dû leur parler plus tôt.

— Je sais! Mais tu ne peux pas comprendre, tu n'es pas à ma place. Ce n'est vraiment pas si évident.

— Explique-moi.

— Ils ne veulent pas de fille dans le groupe en mémoire de leur ancienne batteuse, qui est morte du cancer! Quand je vais leur dire que je suis une fille, ils vont m'en vouloir à mort.

— Oh! Je vois...

Papa reste silencieux, songeur. Je continue.

— Ils vont sûrement me mettre dehors du groupe.

— Ils seraient stupides de faire ça, t'es tellement bonne.

— Bonne menteuse, oui!

— Quoi qu'il arrive, je pense que le mieux est de dire la vérité. Vivre dans le mensonge, c'est juste survivre... Crois-moi, la vérité est peut-être difficile à révéler au début, mais tu te sentiras mieux après. Et tu t'en sortiras, quoi qu'il arrive.

Silencieuse, je réfléchis à tout ça. Nous arrivons devant l'école. Mon père immobilise la voiture.

— Je vais penser très fort à toi aujourd'hui.

Je soupire, j'attrape la poignée de la porte et je sors.

— Merci papa, je t'aime.

— Bonne journée.

Je marche vers l'école quand P.-O. m'attrape par l'arrière.

— Hé Charlie! Ta sœur n'est pas là?

Je n'ai pas le cœur à ça, c'est trop dur, je prends mon air sérieux et je réponds:

— Non, elle n'est pas là... On se voit après l'école comme prévu?

— Elle est malade ou quoi?

— Quoi?

— Ta sœur? Elle est malade?

Je rêve ou il n'a rien écouté de ce que je viens de lui dire?

— Oui, oui, c'est ça, elle est malade... C'est OK pour la réunion?

— Voyons, t'es de mauvaise humeur ce matin...

— La réunion?

— Oui, oui, je serai là.

Je m'éloigne et je continue de marcher vers l'école en croisant les doigts pour ne rencontrer personne d'autre. Malheureusement, Jeanne et Alice sont à côté de la porte d'entrée et je ne peux pas les éviter. Ma meilleure amie me sourit, elle est si parfaite... Comment je peux lui faire ça?

— Salut les filles, désolée, je suis pressée, j'ai un devoir à finir...

Je passe comme un coup de vent. Bientôt, tout ça sera terminé... Je règle le problème des Voyous et j'attaque celui-ci après. Je ne peux quand même pas tout gérer en même temps!

Je me dirige vers mon casier en prenant soin d'éviter de passer devant celui de Zac. Je prépare mon matériel pour mon cours et je décide de me rendre tout de suite au local, même s'il est encore trop tôt. Je n'ai pas la tête à parler avec qui que ce soit ce matin.

J'arrive dans la classe, même le prof n'est pas encore là. Je me sens stupide. Puis, ce qui devait arriver arrive. Le temps passe et les autres élèves commencent à se pointer et quand je parle des autres élèves, je veux surtout dire Zac.

Je l'aperçois qui entre dans le local, il se dirige droit vers moi.

— Hé, salut Charlie! T'es arrivée de bonne heure.

Il est souriant, il a les yeux qui brillent. Ça ne prend pas trois secondes et je fonds devant lui comme une glace au soleil.

— Oui, je voulais finir un devoir.

— Quel devoir?

J'ouvre mon cahier au hasard.

— Cette page-là.

— Hein? C'était un devoir? Je ne l'ai pas fait!

Le prof entre dans la classe, Zachary s'empresse de gagner sa place et de commencer le faux devoir. Je ne peux pas le laisser comme ça. Je me lève et je vais lui dire:

— Oublie ça... Je me suis trompée, c'était même pas à faire! Je suis bête!

— Fiou! Hé! T'as mis la jupe de côté aujourd'hui?

Je souris bêtement. C'est sûr que Zac pense que j'ai fait ça pour lui. La cloche sonne et l'enseignant demande à tout le monde de s'asseoir. Zachary m'envoie un clin d'œil. Je retourne à mon bureau, le cœur qui bat la chamade.

À la pause, Zachary me rejoint et me demande si les autres savent pour nous deux. Je lui avoue que non, que je suis assez timide dans mes relations.

— Pas de problème, on va aller à ton rythme. Et en plus, je ne suis pas pressé de me faire charrier par mes cousines! On peut garder ça pour nous un petit bout de temps, si tu veux.

Quel soulagement! Zac a lu dans mes pensées! Garder ça entre nous pour le moment, quelle bonne idée! La meilleure des idées, en fait! Merci Zac! Je t'aime!

— Cool! Ça me va.

— Cool!

Mon petit ami secret me frôle la main discrètement et me sourit avec complicité. Des papillons volent dans mon ventre. Une relation secrète, c'est tellement excitant et exactement ce dont j'avais besoin pour le moment! En tout cas, le temps que j'avoue tout aux Voyous et que je règle le malentendu avec Jeanne.

Une fois de plus, je passe le temps de mes pauses dans les toilettes et j'y mange même mon sandwich, assise sur la toilette à l'heure du déjeuner. J'ai hâte que tout ça soit terminé pour que je puisse avoir une vie normale. La journée se termine et je sens que mon heure approche. Je texte les garçons pour leur dire que je les attends dehors. Je stresse.

Ils arrivent, détendus et curieux. Moi, je suis angoissée et anxieuse! Jacob me questionne:

— T'es intrigant, Charlie, avec ton histoire de réunion d'urgence. Qu'est-ce qui se passe?

— J'ai quelque chose à vous dire.

Jimmy s'exclame:

— Ça doit être intense pour que tu rendes ça officiel comme ça!

— Disons que c'est important.

P.-O. a bien compris l'importance de mes aveux juste en voyant ma mine épouvantable et il s'inquiète.

— Ben enfin! Est-ce que c'est grave?

— Ça dépend comment vous voyez les choses.

— Allez, parle!

— Je dois vous avouer que je vous ai menti. Je vous ai caché des choses.

Jimmy fronce les sourcils:

— Quel genre de choses?

— Ma réelle identité, que j'ai gardée secrète.

Les garçons se regardent. Jacob fait des signes à Jimmy, qui envoie un coup de coude à P.-O. Au départ, c'est moi qui avais quelque chose à leur dire et maintenant, j'ai l'impression que c'est eux qui me cachent quelque chose.

— Qu'est-ce qu'il y a, les gars? Vous êtes bizarres.

Jacob s'adresse à P.-O.:

— Allez! Dis-lui, *man*!

Je commence à penser que P.-O. veut probablement m'annoncer qu'il sort avec ma sœur. Si c'est le cas, je ne sais pas ce que je vais pouvoir lui répondre. J'ai la gorge nouée, mon cerveau fonctionne à cent milles à l'heure. Vite Charlie, trouve quelque chose, vite!

P.-O. se gratte derrière le cou, regarde ses pieds, se racle la gorge. Vite Charlie, trouve quelque chose à lui répondre! Il m'avoue:

— On le connaît, ton secret, Charlie.

Arrêt cardiaque!

— Ah oui?

— Oui, et c'est pas grave, c'est cool.

Jimmy ajoute:

— Ça ne change rien pour nous, *man*.

— Ah non?

— Mais non! Garçon, fille! C'est pareil.

— AH! Vous trouvez?

Je suis étonnée par la réaction des garçons. Il me semble qu'ils prennent cette situation particulièrement bien. Tant mieux pour moi. Par contre, je me demande qui a bien pu leur dire la vérité?

— C'est cool de voir que vous prenez bien la chose. Ça me stressait tellement de vous l'avouer. Mais je me demande, qui vous l'a dit?

Jacob m'informe:

— Personne, c'est P.-O. qui t'a vu.

— Qui m'a vue?

Quoi? P.-O. a tout compris? Et si ça se trouve, c'est lui qui me fait marcher depuis le début! Je suis naïve à ce point-là? Il a dû bien se marrer en me voyant m'inventer une sœur jumelle!

— Oui, je t'ai vu l'autre soir sur la plage.

— Sur la plage?

— Oui, à L'Étang-du-Nord.

Ça y est, je ne comprends plus rien.

— À L'Étang-du-Nord?

C'est Jimmy qui finit par tout révéler de manière claire et nette:

— P.-O. t'a vu embrasser ton ami de Québec. On sait que tu es gay, Charlie. Et ce n'est pas grave. On s'en doutait.

Et Jacob ajoute:

— Tant que tu ne veux pas sortir avec un de nous trois.

Les garçons éclatent de rire.

Tout devient clair maintenant, ils parlent de moi et d'Émile. Mais ils ont tout faux! Je n'y crois pas, P.-O. m'a vue embrasser mon meilleur ami et maintenant, non seulement il pense que je suis un garçon, mais en plus, il croit que je suis homosexuel.

Je sens que le courage me fuit. C'est trop pour moi. Les gars n'ont finalement aucune idée de mon secret, tout est encore à révéler. J'étais si soulagée quand ils m'ont dit qu'ils savaient tout que maintenant, je ne sais plus comment m'y prendre. J'ai chaud, je tremble, j'ignore même si je vais être capable de parler.

Dans le but de me rassurer, P.-O. me prend par les épaules et me dit doucement.

— Ne t'en fais pas avec ça, *man*! Si tu veux qu'on garde le secret, on n'en parlera à personne, c'est promis! Les Voyous, c'est comme une famille. Et on le sait tous que c'est pas facile être différent!

À ce moment précis, je voudrais contrôler le temps, revenir au mois d'août sur le bord de la piscine municipale...

CHAPITRE 32

— Et si tu faisais une liste de pour et de contre?

Émile, mon meilleur ami qui dégoutte sur le béton autour de la piscine municipale, se tient devant moi. Je hausse un sourcil, comme je fais toujours quand je suis confuse, et je demande:

— De quoi tu parles?

— Pour trancher entre vivre avec ton père ou ta mère. Tu n'as qu'à faire la liste des pour et des contre.

Je le nargue:

— Wow! Tu parles d'une idée originale... Je l'ai faite, la liste, qu'est-ce que tu penses?

Je plonge ma main dans mon sac à dos et je sors le bout de papier que je mets dans les mains ratatinées et humides de mon ami.

Émile saisit la feuille, et avant de la regarder, il me dit:

— Tu réfléchis depuis que l'école est terminée. Je vais la prendre pour toi, la décision, qu'on en finisse.

— Quoi?

— T'as bien compris, je vais lire cette liste, et décider pour toi.

Je fixe mon ami. Je ne sais pas si je suis prête à mettre une décision aussi importante entre ses mains, car c'est moi qui devrai vivre avec les conséquences de ce choix pour la prochaine année.

— Non! Non! Je vais choisir moi-même!

— Allez! Fais-le, ton choix, qu'on arrête d'en parler et qu'on profite de la fin de nos vacances!

J'adore ma vie ici. J'ai de bons amis à l'école qui m'acceptent comme je suis, Émile est toujours là pour moi, j'aime mon quartier et je suis près de tous les gens que j'aime. C'est décidé, je reste ici! J'irai voir mon père de temps en temps, tout simplement!

Jimmy parle. Je reviens à la triste réalité.

— Hé, les gars, je dois vous laisser, mon père vient de me texter. Il a besoin d'aide au bateau, je ne peux pas rester.

Je m'appelle Charlie Paradis-Mendez, et dans ma vie, j'ai eu à traverser bien des grandes épreuves. La première, c'est ma naissance, la deuxième, c'est la mort de mon rat, la troisième, c'est mon déménagement aux Îles-de-la-Madeleine et la quatrième, je suis en train de la vivre. Je dois avouer que je suis une fille et non un garçon, que je ne suis pas gay, que je n'ai pas de sœur jumelle et que j'ai menti à tout le monde.

Jimmy est en train de marcher pour se rendre à son scooter, P.-O. a sorti son téléphone et Jacob déballe une barre de chocolat. Je regarde l'heure et je lance:

— Oh! Je dois rentrer, désolée!

Je tourne les talons et c'est en courant que je pars sans jamais regarder derrière moi. Je cours, je cours et je cours sans m'arrêter. Je passe tout droit devant ma rue et je continue de courir sur la rue principale de Cap-aux-Meules. Je dépasse la salle de spectacle Les Pas Perdus, je continue ma fuite. Je tourne sur le chemin du débarcadère jusqu'au quai du ferry. Je pleure, je suis à bout de souffle, je veux rentrer à Québec!

Je veux une deuxième chance.

J'entre dans la billetterie, je vais me prendre un billet aller simple et ficher le camp! J'ai trop couru. En poussant la porte, je m'écroule au sol, à bout de souffle. Soudain, ma perte de contrôle hystérique est interrompue par une main qui se pose sur mon épaule.

— Hé! Charlie, qu'est-ce qui se passe?

Je sursaute, je lève la tête, c'est Dominic, le chanteur de Caravane. J'essuie mon visage couvert de sueur et de larmes. Je regarde autour de moi, je vois les autres membres du groupe assis dans la salle d'attente pour le bateau. Je dois avoir l'air ridicule, mais la honte ne suffit pas à me calmer.

Je pleure:

— Vous êtes encore là?

— On a pris des petites vacances de fin de tournée... Mais toi, ça ne va pas?

— Non, vraiment pas! J'ai menti aux garçons de mon groupe et là, je suis coincée dans mon mensonge. Je ne sais plus comment leur dire la vérité.

— Est-ce que tu sais ce que je fais, moi, quand j'ai quelque chose de difficile à expliquer?

— Non?

— J'en fais une chanson. C'est en jouant de la musique qu'un rockeur pleure.

Je regarde le chanteur dans les yeux, j'essuie mon nez, je renifle un coup et je retrouve mon calme.

— Je leur ai fait croire que j'étais un garçon pour faire partie du groupe.

L'homme retient un rire.

— Sérieux?

— C'est pas tout... J'ai aussi fait croire à notre chanteur que j'avais une sœur jumelle. Je suis allée au cinéma avec lui et je l'ai embrassé en me faisant passer pour elle.

Le chanteur écarquille les yeux.

J'ajoute:

— En plus de sortir avec le chanteur en me faisant passer pour ma sœur, j'ai aussi un autre amoureux secret et une meilleure amie qui pense que je suis lesbienne.

— Ha! Ha! Charlie, d'après moi tu vas faire un disque d'or avec ton histoire!

Je rigole de découragement. C'est en racontant ma vie que je réalise à quel point je me suis mise dans le pétrin.

— Et là? T'espérais quoi en venant ici? Embarquer sur le prochain bateau et te sauver de tes problèmes?

— Genre...

— C'est une option.

Le rockeur me tapote l'épaule et retourne s'asseoir. Je monte la voix.

— Ce n'est pas la meilleure option, j'imagine?

L'homme se retourne et hausse les épaules en répondant:

— C'est pas moi qui l'ai dit...

Je me relève, secoue mes genoux et rebrousse chemin. En route vers la maison, j'ai une mélodie qui résonne dans ma tête. Des paroles de chansons se bousculent aussi dans mon imaginaire. Chaque pas que je fais me rapproche un peu plus de la délivrance. Je vais écrire une chanson et me débarrasser de ce mensonge.

Je suis une rockeuse, pas une menteuse!